불륜 감별사

불륜 감별사

초판 1쇄 인쇄 _ 2020년 7월 15일
초판 1쇄 발행 _ 2020년 7월 20일

지은이 _ 마키림

펴낸곳 _ 바이북스
펴낸이 _ 윤옥초
책임 편집 _ 김태윤
책임 디자인 _ 이민영

ISBN _ 979-11-5877-173-7 03810

등록 _ 2005. 7. 12 | 제 313-2005-000148호

서울시 영등포구 선유로49길 23 아이에스비즈타워2차 1005호
편집 02)333-0812 | **마케팅** 02)333-9918 | **팩스** 02)333-9960
이메일 postmaster@bybooks.co.kr
홈페이지 www.bybooks.co.kr

책값은 뒤표지에 있습니다.
책으로 아름다운 세상을 만듭니다. — 바이북스

미래를 함께 꿈꿀 작가님의 참신한 아이디어나 원고를 기다립니다.
이메일로 접수한 원고는 검토 후 연락드리겠습니다.

불륜 감별사

마키림 지음

프롤로그

에바 선생님,

건강하게 잘 지내고 계시죠? 자주 연락드리지 못해 죄송합니다. 고등학교 시절 선생님 집에서 잠시 지냈을 때가 문득 떠올랐어요. 아버지, 어머니 별거 얘기에 슬퍼하던 선생님이 생각났습니다. 가짜 자퇴서를 쓰면 가족이 함께 살게 될 것이라 확신을 갖고 말씀하셨잖아요. 그 후 거짓말처럼 같이 살게 되었어요. 너무 행복했고 감사하게 생각하고 있습니다.

선생님, 최근 저에게 많은 일이 있었습니다. 힘들고 슬프고 행복한 날이 한꺼번에 찾아올 것이라 상상도 못했습니다. 혹시 이별에 대해 생각해 본 적 있으세요? 세상 만물에는 균형이 존재하고 있는데 저는 우연히 사랑과 이별에도 균형이 있음을 알게 되었습니다. 어느 한쪽이 많거나 적으면 안 되기에 누군가 조정하고 있다면 믿으시겠어요? 사람은 누구나 사랑하고 싶어 합니다만 모두가 사랑만 할 수 없습니다. 사랑만 있고 이별이 없다면 균형에 맞지 않기 때문이죠. 해서 이별 조정을 통해 사랑과 이별은 평행하게 유지되어 왔습니다.

부끄럽습니다만 저는 이별을 조정하는 일에 가담 했었습니다. 부여 받은 일은 아주 간단했고 성공하면 돈을 받았습니다. 타인을 이별 속으로 밀어 넣고 받는 돈이라 처음에는 찝찝했습니다. 그러나 반복되니 익숙해지더군요.

제가 했던 일을 하나 말씀 드릴까요? 오후 늦은 시간 놀이공원에 가서 매점에서 파는 추로스를 전부 사버렸습니다. 그걸로 그날 임무를 마쳤습니다. 얼마 후 통장에 1천 달러가 입금되었습니다. 나중에 알게 된 사실이지만 그날 추로스를 먹으러 온 연인이 있었습니다. 유명한 곳이라 멀리서 찾아온 것이었습니다. 그들은 추로스를 먹을 수 없었습니다. 제가 다 사버렸기 때문입니다. 약속시간에 늦게 온 이를 탓하며 둘은 심하게 다투었습니다. 결혼까지 약속한 커플이었지만 그것이 빌미가 되어 결국 헤어졌습니다. 제가 몇 년간 했던 일이 이러했습니다. 이별 대가로 많은 돈을 벌었습니다. 정말 부끄럽습니다. 저 이제 그만두려 합니다.

저는 선생님이 하고 있는 일을 우연히 알게 되었습니다. 정말 존경합니다. 그리고 간절히 부탁드립니다. 아래 적힌 사람에게 연락해서 선생님과 함께 일할 수 있도록 해주십시오. 제가 지금껏 한 일을 용서받고 사죄하는 길은 그것밖에 없다고 생각합니다. 그가 선생님과 함께 일하게 된다면 너무 행복할 것 같아요. 선생님, 그를 만나면 이 말을 꼭 전해주세요. 너무나 사랑하고 있고 당신은 내 목숨만큼 소중한 존재라고.

차례

1장
흐노니

누군가를 몹시 그리워
동경하다

1_1

오전의 도로는 한산했다. 햇살이 포근하게 내리쬐고 나무는 푸른 빛을 내었다. 쭉 뻗은 길 끝 풍경이 선명하게 보일 만큼 청명한 날씨였다. 버스 창밖을 보는 야니 존스가 하품을 했다. 검은색 머리는 푸석푸석했고 깎지 않은 수염이 불규칙하게 삐죽삐죽 나와 있었다. 충혈된 눈을 연신 비벼보지만 피곤함을 숨길 수 없었다. 꾸깃꾸깃한 와이셔츠가 바지 밖으로 나와 있었고 풀어진 넥타이는 며칠째 사용하고 있었다. 30대 중반인 그는 깔끔하게 차려 입은 날엔 20대처럼 보인다는 얘길 많이 들었지만 지금은 모든 것이 귀찮았다.

"언제 도착해?"

그란시나 알렌 문자였다. 야니 미간이 찡그려졌다.

"곧 내려. 조금만 기다려."

버스에서 내린 야니가 횡단보도에 섰다. 이곳에 서면 회사 가까이에 왔다는 일종의 신호였다. 무표정한 그의 얼굴은 중요한 일을 목전에 둔 사람처럼 보이지 않았다. 헤어진 연인 리헤르 킴 생각에 모든 일이 무의미하게 다가왔기 때문이다. 반년이 지났지만 그는 리헤르를 매일 떠올렸다. 갑작스런 이별 충격은 여전히 그에게 영향을 주고 있었던 것이다. 푸른색 신호로 바뀌었지만 생각에 잠겨 있던 야니가 출발하는 행인을 보고 뒤늦게 건너가기 시작했다.

"그란시나, 자꾸 재촉하지 마. 횡단보도 건너고 있다니까 자꾸 잔소리야. 곧 도착할 거야. 도톰보는 왔어? 알았어."

퉁명스럽게 전화를 끊은 그가 횡단보도 옆 골목으로 걸어 갔다. 가방에서 수첩을 꺼내 오늘 해야 할 일을 확인했다.

'장소는 그랑비나 호텔. 타겟은 호텔 총지배인. 현관 야니 존스. 1층 커피숍 도톰보 넬슨. 주차장 그란시나 알렌. 총지배인 부인이 호텔에 도착할 때까지 총지배인이 호텔을 떠나서는 안 됨. 총지배인과 부인이 만나게 되면 미션 종료.'

야니가 하는 일은 두 가지였다. 쿡앤 식품회사 기획팀, 그리고 부업으로 미야쇼라는 회사에서 일했다. 미야쇼 일은 시작한 지 다섯 달 정도 되었다. 미야쇼에서 하는 일은 아르바이트처럼 간단한 일이었지만 식품회사 급여의 몇 배 이상 돈을 벌고 있었다. 식품회사 월급으로는 고향에 있는 어머니에게 보내는 생활비와 적금을 제외하고 나면 돈이 턱없이 부족했다. 이혼 후 야니 아들 J.H는 어머니가 키워주고 있었다. 돈을 더 벌기 위해 어쩔 수 없이 미야쇼 요원으로 일하고 있는 것이었다.

어젯밤 미야쇼 임무를 생각하다 그는 잠을 설치고 말았다. 돈 버는 것도 중요했지만 타인의 고통을 담보로 미야쇼 일을 지속해야 할지 고민했던 것이다. 지금까지 미야쇼 일은 아주 간단했다. 매표소 앞에서 새치기 후 남녀가 커플석에 못 앉게 하기, 차에 펑크 내어 출발 지연시키기, 버스에 탄 여성과 친해져서 한 정거장 더 가게 해서 내리게 하기, 카페에서 책 읽는 남성과 장시간 얘기하기, 번지점프 매표소 앞에다 'CLOSE' 스티커 붙이기, 헬스장의 금발 여성 옆에서 함께 뛰기.

미야쇼 목적은 사랑하고 있는 자의 이별이었다. 우리는 사랑하는 상대와 가끔 다투거나 대립하게 된다. 불화 시작은 사소한 것에서 출발한다. 자신도 모르는 사이 격한 감정에 몰입하여 끝내 헤어지게 된다. 이별이 확정되면 미야쇼 요원은 1천 달러를 받았다. 한 달 평균 10회, 적게는 3회 이상 일했다. 금전적 도움이 되기 때문에 미야쇼 요원은 불만없이 일했다.

미야쇼 요원 다수가 처리하는 일을 '코메디토'라고 부른다. 코메디토가 시작되면 절대 한 명이 처리할 수 없다. 최소 두 명 이상이 일을 하게 되는 것이다. 오늘은 야니의 첫 코메디토가 있는 날이었다. 미야쇼 건물 뒤편 현관으로 야니가 들어섰다. 계단을 올라 2층에 도착했다. 그란시나와 도톰보가 기다리고 있었다.

"야니, 지각하는 줄 알았어."

밝은 표정의 그란시나가 말했다. 그녀는 황금색 단발에 눈이 크고 쌍꺼풀이 진했다. 치마보다 발목이 드러나는 바지를 좋아했다. 오늘도 어김없이 자신 스타일을 고수하고 있었다.

"첫 코메디토잖아. 지각할 수야 없지."

한숨을 크게 쉬는 야니 얼굴은 피곤한 듯 초췌했다. 앞장서서 복도 끝을 향해 걸어가는 그에게 그란시나가 캔 커피를 건넸다. 그가 피식하고 웃었다.

"시원한 커피가 눅눅해진 것인지, 따뜻한 커피가 식은 것인지. 너무 미지근하다."

하하하. 도톰보 뱃살이 출렁거렸다. 다이어트는 여전히 말로만 하고 있는 것이었다. 그란시나가 어이 없다는 듯 콧등 주름을 세웠다. 세 명이 도착한 곳은 'M.Y'라고 적힌 미야쇼 사무실 앞이었다. 문을 바라보며 생각에 잠긴 야니에게 도톰보가 말했다.

"시간 없는데 빨리 끝내고 출발할까?"

고갤 끄덕이며 야니가 말했다.

"난 모르겠어. 언제까지 미야쇼 일을 해야 할지."

입을 삐죽거리며 야니가 조용히 말했다. 그란시나는 그의 마음을 잘 알고 있었다. 그녀가 야니를 바라보며 애써 밝은 표정으로 말했다.

"야니. 코메디토가 처음이라서 그런 거야. 나도 그랬어. 너무 긴장 하지 마."

"그란시나 말이 맞아. 야니. 나도 처음에 긴장했는데 의외로 간단하게 끝나. 혼자가 아니라 우리 셋이서 함께하는 것이니 잘될 거야."

도톰보가 맞장구를 쳤다. 야니 입꼬리가 올라갔다. 자신 생각과 다를 때 하는 버릇이었다. 사무실 문을 열고 들어가자 형광등이 자동으로 켜졌다. 세 명이 동시에 각자 시계를 확인했다. 시간이 멈춘 것을 확인한 그란시나가 재킷을 벗었다.

"더워서 이런 건 못 입을 것 같아. 오늘 날씨는 뜨거운 사랑을 얘기하고 있는 것 같아. 그렇지 않아?"

"아냐. 어릴 적 내 성적표에 화가 난 큰 형 같아서 난 싫어."

도톰보가 그란시나에게 검지손가락을 흔들며 절대 아니라 했다. 깔깔 웃는 그녀가 소파에 폴짝 앉았다. 그녀는 밝고 명랑했다. 머리도 영리해서 하는 일 모두 깔끔하게 처리했다. 웃을 때 보이는 보조개는 그녀를 더 매력적으로 만들었다.

이곳 미야쇼 사무실에 오면 시간은 정지한다. 방 안에 있을 수 있는 시간은 1시간을 초과해선 안 된다. 1시간이 지나면 미야쇼를 쫓는 '프라젠' 요원이 사무실에 들어올 것이다. 그렇게 되면 미야쇼 힘은 사라진다. 그 힘이란 다른 사람 모습으로 변할 수 있는 능력을 말한다. 이것을 '커루'라고 부른다. 미야쇼 일을 할 때는 커루를 한 채 임무를 수행한다. 벽에 걸려 있는 삼각형 나무에서 작은 종이가 출력되어 나오는데 종이에 적힌 대로 임무를 수행한다. 누가 이별해서 어떻게 고통받는지 알고 싶어 하는 사람은 없었다. 미야쇼 요원이 이 지역에, 전 세계에 몇 명이 활동하는지 아무도 모른다. 지시를 누가 하는지 돈은 누가 주는지 모른다. 일 하고 돈만 받으면 그만이었다.

"시간도 없는데 빨리 준비해서 나가죠."

도톰보가 손목 시계를 가리키며 재촉했다. 소파에 앉아 커피를 마시는 야니가 허리를 쭉 펴고 하품을 했다. 맞은편에 앉아 그를 걱정스레 쳐다보던 그란시나가 물었다.

"정말 무슨 일 없는 거지?"

"미야쇼 일이 정당화될 수 있는지 의문이 들어."

"그건 도톰보도 나도 예전에 했던 고민이야. 그러니 너무 깊게 생각하진 말고. 오늘 코메디토는 간단하니까 평소처럼 하면 돼."

도톰보가 풀려진 신발끈을 묶으려 앉았다. 배가 나와 뒤로 넘어질 듯 뒤뚱거렸다.

"야니, 나도 남들 사랑에 내가 관여하고 조작하는 것이 옳은 행동일까 의문이 들었어. 지금은 그러려니 해. 에릭이 말했잖아. 진정한 사랑 가치는 이별 후에 알게 되니까."

이마에 땀방울이 맺힌 도톰보가 소파에 앉았다.

"도톰보 말이 맞아. 편하게 생각해. 어떤 이유로 고민하는지 알아. 나도 처음에는 이런 일을 하고 돈을 받아도 될까 싶었어. 최소한의 양심이라고 해야 하나? 막상 시간 지나면 괜찮아져. 돈 벌려고 하는 거잖아. 편안하게 생각하자."

무표정한 야니가 소파에 기댄 채 멍하니 한곳만 주시하고 있었다. 도톰보가 일어나 야니를 향해 윙크했지만 소용없었다. 그란시나가 야니를 향해 자세를 틀었다.

"야니, 잘 들어. 어차피 시작한 일이야. 어려운 일도 아니고 받는 돈을 생각해봐. 기획팀에서 받는 월급과 비교할 수 없어. 고향에 계시는 어머니가 당신 이혼 후 아들 J.H 키워주고 있는데 더 열심히 벌어야 하지 않아?"

아들이란 말에 야니가 눈만 돌려 그란시나를 쳐다보았다.

"J.H 얘기해서 미안해. 말하다 보니 툭 튀어나왔어."

얼굴이 빨개진 그란시나가 야니에게 사과했다. 그는 대꾸하지 않았다.

"이제 슬슬 시작해볼까?"

도톰보가 일어나 '디씨마'라고 적힌 방으로 들어갔다. 장시간 변신을 하기 위해서는 디씨마 방에서 커루를 해야 한다. 다른 장소에서 커루를 하면 변신 시간이 짧다. 디씨마 방 거울 앞에서 목걸이 닛을 지닌 채로 눈을 감으면 지시에 맞게 변하게 된다. 물론 자신이 원하는 사람으로 변할 수도 있다. 도톰보가 디씨마 방으로 들어가자 그란시나가 야니를 보며 말했다.

"야니, 당신 걱정 많이 하고 있어. 알지?"

"알아. 오늘 따라 신경이 날카로워서 말투가 좀 그랬어. 미안해.

이해해줘."

양손 깍지를 낀 채 초조하게 말하는 그란시나가 야니를 물끄러미 바라보며 말했다.

"리헤르와 헤어지고 얼마나 힘들어 했는지 알아."

"네가 위로해주니까 힘이 되고 있어."

그란시나가 우물쭈물 말을 잇지 못했다.

"그란시나. 할 얘기 있어?"

"야니, 진지하게 생각해 봤는데……."

그때 디씨마 문이 열리고 도톰보가 나오자 그란시나가 하려던 말을 멈추었다.

작은 키에 뚱뚱하고 곱슬머리였던 도톰보가 180센티 넘는 키에 갸름한 얼굴, 날씬한 몸매 남자가 되어 나왔다.

"이런 남자로 태어났으면 하는 상상을 가끔 하긴 했지만 난 원래 내 모습을 사랑해. 잘 생긴 인간은 예의가 없어서 싫거든."

그란시나가 까르르 웃었다. 야니도 함께 웃으며 그녀에게 물었다.

"그란시나, 말해봐. 지금 얘기하려고 했던 거 말이야."

"아냐 나중에…… 딱히 특별한 건 없어."

그녀와 얘기할 기회가 많다고 생각한 야니가 고개를 끄덕였다.

"도톰보, 네가 꿈에 그리던 체형과 얼굴 아냐? 그리고 너는 잘생기지도 않았는데 왜 예의가 없었던 거야?"

모두가 함께 웃었다. 그란시나가 디씨마 방으로 들어갔다. 생각보다 시간이 지체 되었지만 그녀가 문을 열고 나왔다. '어?' 야니와 도톰보 눈이 커지며 놀라워했다. 50대 아저씨 모습이었기 때문이다. 배가 불룩 나왔고 목이 굵어 와이셔츠 칼라가 벌어져 있었다. 작은 키에 머리카락은 많지 않았고 걸음걸이마저 뒤뚱거렸다.

"호텔에서 무슨 일 터져서 도망가게 되면 난 이미 죽은 목숨이네. 하하."

그란시나가 거뭇거뭇한 수염을 만지며 소파에 앉았다. 배가 나와 있어 소파에 앉는 것도 힘겨워 보였다. 배를 만지며 그란시나가 말했다.

"야니, 네 차례야. 호텔 정문 지켜야 하는 거 알지?"

야니가 고개를 끄덕였다. 그가 디씨마 방문을 열고 들어가자 뚱보 아저씨 표정이 어두워졌다. 잠시 후 커루를 하고 나온 그를 보며 도톰보가 박수를 쳤다. 야니는 〈지아이 조〉에 나오는 스톰 쉐도우처럼 날렵한 모습으로 바뀌어 있었다. 등에 칼만 꽂혀 있으면 영락없는 배우 모습이었다.

"슬슬 가볼까?"

야니의 한마디에 그란시나, 도톰보가 일어나 사무실을 나갔다. 주차장 구석에 주차되어 있는 차로 향했다. 어제 도톰보가 번호판을 다른 번호로 교체한 차량이었다. 시동을 걸고 내비게이션에 주소를 입력했다. 호텔 도착까지 40분 걸린다고 나왔다.

"길이 막히면 조금 늦어질 수 있어서 빨리 출발하는 거야. 시간은 얼추 맞을 것 같네. 각자 본인 동선은 기억하고 있지?"

그란시나 말과 동시에 도톰보가 악셀을 힘차게 밟았다. 복잡한 시내를 빠져 나와 도심 외곽 도로를 타고 달렸다. 풍경을 만끽하며 운전하는 도톰보와 달리 그란시나와 야니 표정은 어두웠다. 차 안은 조용했고 누구도 먼저 말하려 들지 않았다. 조용한 분위기가 싫은 듯 따분한 표정의 도톰보가 라디오를 켰다. 라디오 DJ가 활기찬 목소리로 날씨를 찬양하며 시끄럽게 떠들고 있었다. 마룬 파이브의 〈Sugar〉 리듬에 맞춰 도톰보가 흥얼거렸다.

"난 상처 받았어. 무너져 내렸지. 당신 사랑이 필요해. 지금 당장. 당신 없는 나는 나약한 존재야."

그란시나와 야니 머릿속에 음악이 비집고 들어갈 틈은 전혀 없어 보였다. 어느덧 호텔이 보이기 시작했다. 창업주가 일본인인 그랑비나 호텔이었다. 시내에서 떨어져 있지만 큰 규모와 격이 다른 서비스로 인기가 많았다. 25층으로 된 호텔은 1층에 커피숍, 일식 레스토랑이 있었고 2층에는 결혼식을 열 수 있는 큰 연회장이 있었다. 5층까지 크고 작은 회의실이 있기 때문에 워크숍 예약문의가 많았다. 한 달 전 예약하지 않으면 예약이 어려울 정도였다. 그러나 오늘은 평소보다 한산했다. 야니 일행을 태운 차량이 호텔 현관을 지나 지하 주차장으로 향했다. 차 시동이 꺼지자 라디오 음악도 함께 꺼져버렸다. 조용하던 뚱보 아저씨 그란시나가 안전벨트를 풀었다. 각자 위치할

곳은 사전 작업을 해놓은 터라 자연스럽게 일하면 되는 것이었다.

"오늘 코메디토는 이전에 했던 것과 달리 어려운 미션이 아니야. 의외로 간단하게 끝날 거야. 야니는 긴장하지 말고 알았지? 휴대폰 차에 두고 내리는 거 잊지 마. 특히 도톰보, 여자 친구와 연락은 일 끝나면 해. 자칫 방해가 될 수 있어. 무선 이어폰 문제 없는지 확인하고."

계속되는 그란시나 걱정에 야니가 아무렇지 않다는 듯 두 손을 들며 괜찮다고 했다. 도톰보가 일어나 바지를 올렸다. 날씬해진 몸매 덕분에 한결 가벼운 몸놀림으로 옷매무새를 고쳤다.

"야니 첫 코메디토 성공 축하 겸 끝나고 나서 시원한 맥주라도 한잔하자. 그란시나 어때?"

야니와 그란시나가 서로를 쳐다보며 웃었고 도톰보가 재킷을 걸쳤다.

"좀 웃자고요. 호텔로 오는 내내 한마디도 안 하니까 죽을 것 같았어. 마룬 파이브 음악으로도 분위기 전환이 안 되니 답답해 미칠 것 같았거든. 아무튼 맥주는 내가 살 테니 끝나고 다들 어디 가지 말고 따라와요. 물론 우리 집 근처에서 먹을 거니까. 하하."

분위기 메이커 도톰보가 차에서 내리며 그란시나에게 눈길을 주며 말했다.

"이 뚱보 아저씨 때문에 옆 테이블 여성과 조인은 불가능할 것 같아."

도톰보가 윙크하며 문을 닫았다. 멀리서 봐도 훤칠한 키와 날씬한 몸매가 눈에 띄었다. 걸어가는 도톰보 발걸음은 여전히 라디오 음악 소리와 함께하고 있는 듯 보였다.

"저렇게 멋진 몸매를 예의가 없어서 싫다니 정말 도톰보답다."

야니가 미소 지으며 고개를 가로저었다.

"그란시나. 너도 준비해야지. 몸조심하고. 내 걱정 이제 그만해. 잘 할 수 있으니까."

쿡앤 기획팀과 미야쇼 일도 함께하는 야니와 그란시나는 서로에게 각별했다. 리헤르와 헤어진 후 힘들어하던 야니가 의지할 사람은 그녀밖에 없었다. 그녀 덕분에 이별의 아픔에서 조금씩 벗어나고 있었다. 몸이 무거워진 그녀가 천천히 자켓을 들고 차에서 내렸다.

"도톰보 말처럼 오늘 일 끝나면 코메디토 축하 파티 하자."

그란시나가 문을 닫았다. 아저씨로 변신해서 뒤뚱뒤뚱 걷던 그녀가 야니를 한 번 뒤돌아 쳐다보며 빙긋 웃었다. 주차 관리실을 향하는 그녀를 보며 야니가 고개를 떨구며 중얼거렸다.

"미안해. 오늘까지 일하고 미야쇼 일 그만하려고. 리헤르와 헤어진 내 자신도 힘들어 죽을 것 같은데 일면식도 없는 사람 고통 속으로 밀어 넣는다는 건 모순이야."

오늘 코메디토는 여성 사업가와 호텔 총지배인이 함께 있는 모습을 총지배인 부인에게 발각되게 하면 끝나는 임무였다. 미야쇼는 사랑에 개입하고 조정하여 이별을 만들어낸다. 전혀 모르는 이의 사랑에 몰래 잠입하여 어렵게 이어진 하나의 인연을 쉽게 끝내버릴 것이다.

1_2

그랑비나 호텔 1층에는 결혼식을 마친 신혼부부 가족이 모여 있었다. 신혼부부는 아직 2층 연회장에서 내려오지 않았다. 그랑비나 호텔은 결혼식이 많았지만 이 커플은 운이 좋았다. 이렇게 한산한 적이 없었던 것이다. 프론트 직원은 평소보다 훨씬 맑은 모습이다. 고객이 많을 때는 기계적으로 움직이고 응대했지만 지금의 친절한 태도와 미소는 여유로움이 주는 진심인 것이다.

프론트 팀장과 직원이 엘리베이터 앞에 정렬해 있었다. 토미 나카무라 총지배인이 내려오기 때문이었다. 토미는 이곳 마로히에서 태어나 뉴욕에서 공부한 후 무일푼으로 호텔을 만든 자수성가한 사람이었다. 회장 전용 엘리베이터 문이 열렸다. 양복을 입은 젊은 남자가 먼저 나와 엘리베이터 문을 잡고 기다리자 총지배인 토미가 내렸다. 광택이 나는 구두, 왼쪽 가슴의 분홍색 행커치프가 눈에 띄었다.

금으로 된 시계는 유난히 빛났다. 희끗희끗한 머리는 호텔 역사를 말해주고 있었다. 기다리던 직원 모두가 일제히 인사했다. 왜 기다렸냐고 말하며 토미가 밝은 표정으로 꾸짖었다. 직원에게 다가가 일일이 악수를 청했다.

신혼부부를 기다리던 가족이 토미가 지나갈 수 있도록 길을 터주었다. 홍해가 갈라지듯 길이 만들어졌다. 이런 일이 익숙한 듯 토미가 직원 안내를 받으며 1층 커피숍을 향해 걸어가기 시작했다. 30대로 보이는 여성이 커피숍에서 기다리고 있었다. 토미가 안내해준 직원에게 고맙다고 손짓하자 깍듯하게 인사를 하고 뒤로 물러났다. 앉아 있는 여성은 그랑비나 호텔을 뉴욕에 런칭하기 위해 찾아온 사업가이자 그의 연인이었다. 60대인 토미와 1년 전 호텔 행사에서 만나게 되었던 것이다. 커피숍 직원이 토미에게 다가갔다. 도톰보였다.

"총지배인님. 찾아주셔서 감사합니다. 음료는 어떤 걸로 드릴까요?"

호텔 현관에 야니가 검은색 양복에 선글라스를 끼고 서 있었다. 그와 함께 있는 도어맨은 두 명이었다. 그들은 처음 보는 그를 궁금해하지 않았다. 총지배인 사람이라 생각했기 때문이었다. 도어맨이 속삭이듯 말했다.

"또 그 여자가 왔어."

같이 있던 직원이 맞장구쳤다.

"돈 많으면 다 되는 세상이니까. 나는 그저 부러울 뿐이야. 이 사실을 사모님이 알게 되면 어떻게 하려고 저러는지 모르겠어."

그들 얘기가 야니 귀에 꽂혔지만 그는 못들은 척 수첩을 꺼냈다.

'총지배인과 부인이 호텔에서 만나게 되면 코메디토 종료. 그러나 간단하게 끝나지 않을 것임. 총지배인은 부인 도착시간보다 빨리 출발할 예정. 따라서 차량 출발을 지연시키든지 현관에서 막든지 해서라도 만나게 할 것.'

야니가 미야쇼 일을 그만 두려고 하는 이유는 최근에 있었던 일 때문이었다. 버스에서 미야쇼 타겟인 여성과 30분 이상 얘기하면 되는 간단한 일이었다. 인상 좋은 야니가 초행길인 척 접근했고 그녀는 친절하게 이곳저곳을 설명해주었다. 어쩔 수 없이 그녀는 한 정거장 더 가서 내리게 되었고 그의 임무는 성공했다. 이후 친구 만나러 병원에 간 야니가 마주한 결과는 참담했다. 3년간 백혈병으로 투병해 온 어린 아들의 임종을 지켜보지 못했다는 사실을 우연히 듣게 된 것이었다.

병원 영안실에서 오열하는 그녀 모습을 본 뒤로 충격에 휩싸인 그는 패닉에 빠져버렸다. 그녀가 누구와 이별했고 인연이 끊어졌는지 알 수 없었지만 밀려드는 죄책감에 괴로워했다. 미야쇼 일을 하며 받았던 돈을 부끄럽게 여기게 되었다. 수많은 사람을 그런 고통 속으로 밀어버린 스스로에게 소름 끼쳤고 후회막급했다. 그래서 미야쇼 일은 더 이상 해서는 안 된다 결심했던 것이다. 더러운 인간이 된 모습을 헤어진 리헤르가 본다면 뭐라 변명할 수 있을까? 내 이별은 괴롭고 타인의 이별은 아무것도 아닌 것처럼 말할 수 있을까? 야니는 그란시나에게 언제 털어놓을지 고민하고 있었던 것이다. 그때 무선 이어폰으로 다급한 목소리가 들렸다.

"토미가 자리에서 일어났어. 곧 나갈 것 같은데 어떻게 하지?"

"도톰보, 뭐라도 해. 부인이 도착할 때가 다 되었단 말이야."

주차장에 있던 그란시나가 조용하게 힘주어 말했다.

"도톰보, 뭐라도 해서 막아야 해. 내가 그리로 갈게."

야니가 대화에 동참했다.

"에이, 빌어먹을. 모르겠다. 그냥 막 나가보지 뭐."

도톰보는 확끈하게 밀어붙이는 스타일이었다. 이번에도 그런 그의 성격이 발휘될 모양이었다. 야니가 주변을 살펴보며 천천히 호텔 안으로 걸어 들어갔다. 도톰보를 돕기 위함이었다. 멀리 총지배인 토미가 서 있었다. 그가 가까이 다가가자 여성 흰색 치마에 오렌지 주스가 쏟아져 있었다. 도톰보가 어쩔 줄 몰라 하며 냅킨으로 닦으려 했고 토미가 저리 가라며 큰 소리쳤다. 급하게 치마를 닦는 토미 얼굴이 붉어져 있었다. 총지배인 고함 소리를 들은 프론트 직원이 커피숍을 향해 뛰어갔다. 도톰보는 고개를 숙인 채 서 있었다. 프론트 직원이 안절부절 했고 토미가 도톰보에게 손가락질하기 시작했다.

이 광경을 지켜보던 야니가 가던 발걸음을 멈추고 호텔 현관 쪽으로 뒤돌아섰다. 토미에게 야단맞는 도톰보를 떠올리며 푸웃 웃음을 터뜨렸다. 잘생긴 사람 성격이 별로라고 말했던 도톰보가 성격 좋게 야단을 맞고 있었으니 웃음이 나오고 말았다. 도톰보는 스스로 해결해냈던 것이다. 도톰보 대신 맥주를 사야겠다고 생각하며 야니가 현관 문을 열고 천천히 밖으로 나갔다. 그때였다.

'탕!'

한발의 큰 총성이 울렸다. 야니와 도어맨 모두 재빠르게 엎드렸다. 엎드린 채 야니가 고개를 들었다. 한 여성이 총을 들고 주차장 반대 방향으로 뛰어가는 것이 보였다. 야니는 자신이 본 광경을 믿을 수 없었는지 눈에 힘을 주었다. 점점 눈이 커지고 입이 벌어졌다. 시간은 정지해버렸다. 그는 한 번에 알아볼 수 있었다. 도망치는 여성은 반년 전 헤어진 리헤르였다. 분명 리헤르 킴이었다. 여전히 도어맨은 고개를 들지 않고 머릴 감싼 채 엎드려 있었다.

"그란시나! 총소리 들었어?"

돌아오는 대답은 없었다. 야니가 큰 소리로 다시 불렀지만 응답하지 않았다.

"무슨 일이야! 총소리 아냐?"

도톰보가 말했지만 주차장에서 오는 무전은 없었다. 호텔 앞 산기슭으로 뛰어가던 리헤르가 사라졌다. 그제야 일어난 야니가 주차장을 향해 뛰기 시작했다. 그의 머릿속은 하얗게 변해버렸다. 순간 떠오르는 나쁜 상상은 있을 수 없는 일이라 생각했다. 숨을 헐떡이며 야니가 주차장에 도착했다. 그곳엔 한 남자가 쓰러져 있었다. 그는 키가 작았고 뚱뚱했다. 바지가 반쯤 벗겨진 채로 등에서 피가 흐르고 있었다. 야니가 일으켜 세우려 했지만 힘없이 늘어진 사람을 쉽게 들 수 없었다. 어깨를 잡아 당겨 확인한 얼굴은 바로 뚱보 아저씨 그란시나였다.

"그란시나! 정신차려! 이게 어떻게 된 일이야!"

총 맞은 왼쪽 가슴에서 피가 분수처럼 뿜어져 나오고 있었다. 야니가 손수건을 꺼내 지혈을 시도했지만 나오는 피를 막기에는 역부족이었다. 야니를 따라 뛰어온 도어맨과 호텔 직원이 이 광경을 지켜보고 있었다. 가슴에서 피가 쏟아지고 있었고 기침하는 입에서 피가 튀었다. 그란시나 얼굴은 피로 물들어 누구인지 알아볼 수 없었고 야니 얼굴도 점점 피범벅이 되어 가고 있었다. 그녀 가슴을 꽉 누르고 있는 그의 손가락 틈에서 피가 세어 나왔다. 그란시나는 죽어 가고 있었다.

50대 아저씨 그란시나를 안은 채 야니가 고함치며 울기 시작했다. 피와 섞인 빨간 눈물이 그녀 가슴에 떨어졌다. 그때 도톰보가 현장에 도착했다. 소스라치게 놀라며 걸음을 멈추었다. 다리를 후들후들 떨며 눈이 빨개졌다. 그란시나 눈 초점이 점점 약해지고 있었다. 그녀 피로 얼룩진 야니는 누구인지 알아볼 수 없을 정도였다. 와이셔츠는 이미 빨간색으로 변해버렸다.

"아아! 안 돼! 정신차려! 죽으면 안 돼! 일어나! 제발 정신차려! 제발!"

지켜보던 많은 사람이 경악해 하고 있었지만 순식간에 일어난 사고 앞에 누구 하나 쉽게 다가가지 못했다. 경찰에 신고하는 목소리가 들렸고 호텔 안에서 뛰어나오는 사람이 보였다. 피투성이가 된 야니에게 누군가 다가왔다. 도톰보였다.

"야니. 그란시나 두고 가자. 어서 여길 나가야 해. 그렇지 않으면 우리 모두 붙잡혀."

도톰보가 재촉했지만 야니는 정신이 나간 듯 그란시나를 꽉 안고 있었다. 차가운 바닥에 그녈 혼자 두고 가고 싶은 마음이 없었던 것이다. 숨을 거둔 듯 그녀는 더 이상 움직이지 않았다. 그녀를 처음 만났던 날, 기획팀 옆자리에서 서로 도우며 일했던 기억, 리헤르와 헤어진 날 술 마시며 울어주던 그녀. 야니가 오열하기 시작했다. 도톰보가 야니 어깨를 흔들며 소리쳤다.

"야니! 내 말 들려? 곧 경찰이 올 거야. 여길 빨리 떠야 해."

피투성이가 된 야니가 그란시나를 꽉 안았다.

"그란시나가 죽었어…… 우리 그란시나가 죽었어…… 그란시나가 죽었다고! 이렇게 착한 사람이 왜 죽어! 난 안 가! 절대 못 가! 그란시나! 어서 일어나! 같이 가자!"

"야니! 미쳤어? 지금 감성에 젖어 얘기할 때가 아니야! 빨리 일어나!"

이 광경을 모든 사람이 지켜보고 있었지만 도톰보는 아랑곳하지 않고 소리치며 야니 팔을 당겼다. 야니가 그란시나 손을 잡고 있었지만 도톰보 힘에 눌려 그녀 손을 놓을 수밖에 없었다. 도톰보에게 이

끌려가는 야니가 그녀를 바라보며 소리쳤다.

도톰보가 야니를 부축해서 지하 주차장을 향해 빠른 걸음으로 이동했다. 지나가는 사람은 피범벅인 이들 모습에 경악해하며 길을 내주었다. 도톰보가 야니를 조수석에 밀어넣고 빠르게 차에 올랐다. 시동을 걸고 급히 지상으로 올라갔다. 지하 주차장 출구는 호텔 뒤편으로 나오게 되어 있었다. 동선을 이미 파악한 도톰보가 능숙하게 호텔을 빠져 나갔다. 도톰보는 야니를 위로할 겨를이 없었다. 액셀을 힘껏 밟자 차는 굉음을 내며 내달리기 시작했다. 신호를 무시한 채 호텔 뒤 사거리를 돌았다. 신호 받고 오던 차가 경적을 울리며 급정거했다. 안전벨트를 하지 않은 두 사람 몸은 차와 함께 휘청거렸다. 얼마나 달렸을까? 두 명을 태운 차가 횡단보도 앞 신호에 멈춰 섰다. 도톰보가 거친 숨과 함께 울먹이기 시작했다.

"도톰보. 너 판단이 옳았어. 울지 마. 그란시나에게 작별 인사는 내가 충분히 했어. 울지 마."

예상치 못한 동료 죽음 앞에서 냉정하게 판단한 것은 도톰보였다. 하지만 그도 그란시나를 잃어버린 슬픔에서 자유로울 수 없었던 것이다. 서럽게 울며 운전하는 도톰보와 함께 울고 있는 야니. 차 안은 두 남자 울음소리로 가득했다. 시간이 흘러 도착한 곳은 미야쇼 사무실 지하 주차장이었다. 도톰보 눈은 부어 있었고 입술은 말라 있었다. 야니 얼굴과 와이셔츠는 빨간색 페인트가 한꺼번에 튄 듯 붉게 물들어 있었다. 두 명 모두 온전한 상태가 아니었다.

"야니. 첫 코메디토였는데. 일이 이렇게 되어버렸어. 그란시나는 죽었고……."

도톰보가 북받쳐 오르는 울음을 참으며 말했다.

"무슨 소리야. 도톰보 너는 최선을 다했어. 조금이라도 지체되었으면 우리는 경찰에 잡혔을 거야. 그란시나 만나러 내일 병원에 몰래 가볼까? 그란시나, 널 혼자 두고 와서 미안해. 정말 미안해. 흑흑."

차오르는 감정을 눌렀지만 터져 나오는 눈물을 막지 못했다.

"야니, 저기 수건 있어. 여분 옷은 트렁크에 있으니까 갈아 입고. 피투성인 상태로 밖으로 나갈 수 없잖아. 에릭이 리더니까 연락 기다리자. 에릭은 그란시나가 죽은 걸 알고 있을까?"

도톰보 말이 끝나기가 무섭게 전화가 울렸다.

"에릭? 호텔에서 사고가 있었어요. 총성이…… 아…… 이미 알고 있었군요. 우리 이제 어떻게 하죠?"

"도톰보, 울지마. 그란시나는 마로히 병원에 이송되었어."

"에릭…… 흑흑."

도톰보가 말을 이어갈 수 없을 만큼 울기 시작했다. 야니가 전화를 대신 받았다.

"오늘 정말 죄송합니다. 너무 순식간에 일어난 일이라 도움 줄 수 있는 상황이 아니었어요. 갑자기 총소리가 나서 주차장으로 뛰어갔더니 그란시나가 쓰러져 있었어요."

야니도 힘겨운 듯 울음을 끙끙 참으며 말했다. 에릭은 아무 말도 못 하고 머뭇거렸다.

"야니, 지금 미야쇼 사무실 지하 주차장이지?"

"맞아요."

"경찰이 우릴 추적해올 거야. 미야쇼는 당분간 폐쇄해야 할 것 같아. 다들 평소처럼 직장에서 일하면 돼. 내가 괜찮다고 하기 전까지 절대 서로 연락하지 마. 알았지? 그리고 야니, 첫 코메디토 성공 축하해. 고생 많았어. 그럼."

에릭이 전화를 끊었다. 이런 상황에서 축하받는 것에 야니는 미묘한 분노를 느꼈다. 에릭은 미야쇼 리더였기에 냉정하게 상황을 바라봐야 한다는 건 어느 정도 이해했다. 그러나 동료 죽음과 코메디토를 맞바꾼 느낌을 받은 야니는 결심한 대로 미야쇼 일을 더 이상 지속할 수 없음을 확신했다.

"당분간 미야쇼 사무실 폐쇄할 거래. 경찰이 추적해 올 수 있으니까 서로 연락은 하지 말고 기다리라고 하네."

"경찰은 절대 추적할 수 없어."

도톰보가 단호하게 말했다.

"왜? CCTV 확인하면 그 정도는 파악할 수 있지 않을까? 호텔에 우리 모습이 그대로 찍혔을 거야. 여기까지 이동 경로도 분명 알아차릴 테고."

"아직 모르고 있었구나. 코메디토 하는 날은 사무실과 임무 수행하는 곳 1킬로 이내 CCTV는 모두 에러가 나. CCTV 관할하는 곳 사람과 연계가 되어 있어. 당연히 호텔도 그러하고. 때문에 절대 발각되지 않아. 하긴 이번에는 사람이 죽었으니 경찰이 쥐 잡듯 찾으려 할 거야. 아무튼 걱정 마."

"그란시나 만나러 내일 병원 갈까?"

도톰보가 고개를 저었다.

"아니야. 당분간 피해 있어야 해. 시간을 갖고 에릭 연락을 기다리자. 목걸이 잃어버리지 말고 간수 잘해."

옷 갈아 입고 있는 야니 옆에서 뉴스기사를 검색한 도톰보가 말했다.

"그랑비나 호텔 사고가 인터넷 기사에 벌써 떴어. 야니, 듣고 있어? 입었던 와이셔츠 그대로 둬. 내가 세탁해서 다음에 줄게."

"고마워."

야니와 도톰보는 주차장을 빠져 나와 가볍게 인사하고 각자 다른 방향으로 걸어갔다.

5개월 전.

침대에 비친 햇살에 잠을 깬 야니가 눈을 비볐다. 시계를 보곤 크게 한숨 쉬었다. 알람을 맞춰놓고 잤지만 또 늦게 일어난 것이었다. 지각은 이미 확정이었다. 짜증스런 표정인 그가 샤워실로 향했다. 한

손으로 머리를 감으며 그란시나에게 전화했지만 받지 않았다. 머릴 감는 손이 점점 빨라졌다. 샤워를 끝낸 야니가 커피를 내렸다. 그란시나 문자가 왔다.

'야니. 설마 또 늦게 일어난 건 아니지? 회사 근처에 도착하면 바로 전화 줘.'

마르지 않은 머리로 꾸깃꾸깃한 와이셔츠를 입었다. 손에 넥타이를 들고 구두를 꺾어 신고 현관문을 나섰다. 몇 번째 지각인지 생각할 겨를도 없이 야니가 빠른 걸음으로 정류장을 향했다. 들고 있던 컵에서 커피가 찰랑찰랑 쏟아질 듯 흔들렸다.

야니가 살고 있는 이곳은 마로히 섬이었다. 연평균 200만 명 이상 관광객이 방문했지만 섬에 살고 있는 지역민은 30만 명 정도의 소도시 인구 수준이었다. 관광객이 많아 여행사가 즐비했고 건물 하나에 수십 개 여행사가 있을 정도로 관광업계는 호황이었다. 비행기 편수가 늘어나면서 관광객은 매년 증가했다. 마로히는 본 섬과 여섯 개 작은 섬이 모여 '럭키 랜드'라고 불리었다. 그가 6살이 되던 무렵 아버지는 강한 남자가 되어야 한다며 럭키 랜드를 요트로 일주한 적이 있었다. 4일간의 여정이 끝나고 아버지는 대단한 남자가 되어 돌아온 것 마냥 기뻐했다.

풍족했던 생활은 아버지 도산으로 형편이 어려워지기 시작했다. 24층 고급 맨션에서 좁고 허름한 아파트로 이사를 온 것은 야니가 고등학교 2학년 때 일이었다. 아버지는 이후 알코올 중독자로 살다가

돌연사했다. 남겨진 야니와 어머니 생활은 고통의 연속이었다. 빚쟁이 전화를 하루에도 수십 통 받기도 했었다. 그가 돈 많은 집 딸과 결혼을 한다고 했을 때 어머니는 반대했었다. 돈이 아니라 사람을 보라고 했지만 그는 들은 척하지 않았다. 빚쟁이 피해가며 도망자로 살았던 가난한 시절로 돌아가고 싶지 않기 때문이었다. 그러나 결혼한 지 얼마 되지 않아 이혼했고 아들 J.H는 어머니가 키우게 되었다.

그가 살고 있는 집은 회사와 조금 떨어진 곳에 있었다. 마로히 외곽에 있는 토로네라는 동네였다. 가파른 언덕이 많은 곳으로 빈민가였다. 30년 이상 된 벽돌로 지은 집이 대부분이었다. 거리가 좁아 차 두 대가 겨우 지나갈 수 있을 정도였다. 이웃 주민들의 표정은 언제나 어두웠다. 가끔 표정이 밝고 옷맵시가 좋은 사람이 보이기도 했다. 그들은 건물주 또는 부동산 업자였다. 재개발이 소문이 나기 시작하면서 방문이 빈번해졌던 것이다.

정류장에 도착한 야니가 커피를 마시고 있었다. 출근시간이 지나버려서 버스 기다리는 사람은 많지 않았다. 종이컵을 구겨 가방에 넣고 휴대폰을 꺼냈다. 그란시나 문자가 와 있었다.

'야니. 커피는 먹었을 것이고 종이컵은 가방에 들어 있겠지. 아무튼 회사 도착 전 전화 줘. 할 얘기가 있어. 알겠지?'

그란시나는 야니의 모든 걸 알고 있었다. 쿡앤 기획팀 동료이고 가장 친한 사이였기 때문이었다. 그는 그란시나 앞에서 거짓말 따윈 포기한 지 오래되었다. 부처님 손바닥 보듯 알아 맞히는 그녀를 떠올리며 답장하려는 순간 한 남자가 야니와 부딪쳐버렸다. 휴대폰이 바닥에 나뒹굴었다. '어!' 하고 소리친 야니가 재빨리 휴대폰을 주워서 깨진 부분이 있나 후후 불어가며 살폈다. 그가 돌아서자 남자는 도망치듯 빨리 걸어가기 시작했다.

"저기요. 뭐 하는 겁니까?"

야니가 남자를 향해 소리쳤다. 사과를 안 하고 그냥 가는 법이 어디 있냐며 따라갔지만 그는 이미 저만치 사라지고 있었다. 따라잡는 것을 포기한 야니가 허리 숙인 채 거친 숨을 내쉬었다. 그때 버스가 출발하고 있었다.

"수준 떨어지는 동네에서 뭘 기대해. 빌어먹을. 아침부터 기분 잡치네."

야니가 시계를 보고 긴 한숨을 내쉬며 택시를 잡았다. 그 남자 생각에 분노했지만 액정이 깨지지 않은 것만으로도 다행이라 여겼다. 같은 동네 주민이라면 분명 정류장에서 꼭 만날 것이라 확신했다. 택시가 달려 도착한 곳은 쿡앤 식품회사 근처 세븐 일레븐이었다. 택시에서 내린 야니가 물 한 병과 캔 커피를 샀다. '정말 예의 없는 인간.' 여전히 그 남자 행동에 분이 안 풀렸는지 야니가 식식거렸다.

회사 현관에 그란시나가 나와 있었다. 야니가 반가운 듯 손을 흔들자 그녀는 건너편으로 건너가라고 손짓했다. 그가 캔 커피를 들어 보이며 웃었지만 그녀 표정은 밝지 않았다. 잦은 지각으로 그녀 기분이 별로일 것이라 그는 짐작했다. 팀장에게 지난 달에만 두 번 불려가 주의를 받은 터라 늦게 일어난 자신에게 짜증나 있었다. 그녀 말대로 야니가 횡단보도를 건너고 있었다. 전화벨이 울렸다. 그란시나였다.

"이유 묻지 말고 지금 거기서 왼쪽 골목으로 들어가."

"무슨 소리야?"

"어서 골목으로 돌아가!"

단호한 그녀 말에 야니는 적잖이 당황해했다. 다시 물어볼 겨를도 없이 그녀가 빠르게 말했다.

"끝까지 걷게 되면 건물 우측에 M.Y라고 적힌 노란색 간판이 보여. 그 건물 2층으로 올라가."

"그런데 말이야……."

"날 믿고 일단 가. 절대 멈추지 말고 빨리 가!"

그란시나가 전화를 끊었다. 무슨 일인지 알 수 없는 야니가 어리둥절한 표정을 지으며 그녀가 말한 곳으로 걷기 시작했다. 지각 했다고 밖에서 만날 이유도 없었고 감사 기간도 아니었다. 그녀가 말한 곳에 도착하자 M.Y라고 쓰여진 간판이 보였다. 건물 2층에 도착한 야니가 숨돌릴 틈도 없이 그란시나가 뛰어 올라갔다. 그녀의 단발머리가 찰랑찰랑 흔들렸다.

"그란시나, 미안해. 내가 요즘 지각을 해서 너가……."

야니 말이 끝나기도 전에 그녀가 그의 손을 잡고 복도 끝을 향해 빠르게 걸었다. 복도 끝에 다다르자 문에 M.Y라고 써져 있었다.

"야니, 설명은 나중에 할 거야. 지금부터 내가 하는 말 다 믿어야 해. 알았지?"

굳은 표정의 그란시나를 보며 야니가 머뭇거렸다.

"야니, 나를 믿어. 부탁해."

속삭이는 듯 말하는 그녀였지만 결기에 차 있었다.

"알았어."

그란시나가 문을 열었고 야니는 사무실로 들어갔다. 아로마 향기가 숨이 안정되지 않은 야니를 은은하게 맞이해주었다. 일본 목조건물처럼 벽은 편백나무로 되어 있었다. 보통 사무실과 다른 분위기에 야니가 두리번거리며 이리저리 둘러보고 있었다. 작은 소파가 있었고 창가에는 몇 개의 난초가 햇빛을 받으며 빛나고 있었다. 책장에는 알 수 없는 책이 가득했고 사무실 중앙에는 삼각형 나무 시계가 걸려 있었다. 시계를 뚫어져라 쳐다보던 야니가 손목 시계를 몇 번이고 확인했다. 그 나무 시계는 시침과 분침 두 개가 아니라 긴 침 하나만 있었던 것이다. 알 수 없는 형태 문자가 그려져 있었고 긴 침은 10시와 4시 방향을 가리키고 있었다.

"앉아."

"그란시나, 심각한 말투 별로야. 갑자기 왜 그래? 무슨 일 있어?"

걱정스런 표정의 야니가 소파에 앉았다. 가방 안에 있던 캔 커피를 탁자에 내 놓았다.

"날 여기로 데리고 온 이유가 뭐야. 그리고 이거 마셔."

야니가 캔 커피를 따서 그녀에게 주었다.

"저기 벽에 걸려 있는 시계가 이상해. 그런데 시계 맞아? 긴 침이 하나밖에 없어."

그란시나 이마에 땀방울이 맺혀 있었고 재킷을 벗으며 한숨을 내쉬었다.

"야니. 내가 하는 말 잘 들어. 알았지?"

"그란시나, 또 지각해서 미안해. 분명 알람을 했는데 왜 못 들었는지 내가……."

"정류장에서 너를 누가 치고 도망가지 않았어?"

갑작스런 그녀 질문에 야니가 고개를 갸우뚱했다. 정류장에서 생긴 일은 그녈 만나서 말하려고 했던 것이었다. 그는 당황할 수밖에 없었다. 놀랍게도 그녀는 이미 알고 있었다.

"네가 아는 사람이었어? 그 남자 정말 매너 없던데. 사과받으려고 막 따라갔는데 잡지 못했어. 너무 빨리 도망가버렸어."

투덜거리는 그의 말에 그란시나가 천천히 고개를 끄덕였다.

"그란시나, 너는 어떻게 알았어? 얘기해봐."

의아한 표정의 야니가 그란시나에게 물었다.

"야니, 당신이 버스를 놓치길 바라고 그랬던 거야. 늦게 출발시키려 했어."

"뭐라고? 내가 버스를 늦게 타면 어떻게 되길래 그런 행동을 해?"

"야니, 지금부터 내 말 잘 들어. 나를 믿어줘야 해. 알았지?"

평소와 다른 그녀 말투와 분위기에 이상함을 느낀 야니가 자세를 고쳐 앉았다.

"알기 쉽게 설명해봐. 그 남자는 누구고 넌 그걸 어떻게 알았어? 버스를 늦게 탄다? 무슨 말이야?"

그란시나가 미간에 주름이 진채로 또박또박 천천히 말했다.

"야니, 당신 신분이 노출된 것 같아. 그래서 그들이 당신을 따라온 것이야."

그녀에게 시선을 고정한 채 야니가 눈을 가늘게 뜨며 말했다.

"내 신분이 뭐길래 나를 친 거야? 왜 따라와? 그럼 정류장까지 그자가 나를 따라온 거야? 어디서부터 미행한 거야?"

그의 눈빛은 걱정스러움과 불안함이 뒤섞여 있었다.

"그란시나, 우린 친한 사이라고. 갑자기 이러니까 이상해. 신분 노출은 무슨 말이야? 내가 모르는 내 신분이 있어? 에이. 놀리지 마."

손짓까지 하며 장난스럽게 말하는 그였지만 눈빛에서 전해지는 긴장감은 감출 수 없었다. 그런 그를 바라보는 그란시나는 고민이 되는 듯 한숨만 쉬었다.

"야니, 내가 하는 말을 한 번에 이해할 수 없을 거야. 알아. 나도 그랬으니까. 그래서 어떻게 설명해야 할지 고민하고 있어."

"뭘 고민해. 평소처럼 편하게 얘기해. 나도 내 신분이 궁금하니까. 귀족 뭐 이런 건 아니겠지? 하하."

그가 웃고 있지만 불안한 기색은 여전했다.

"야니, 지난번에 내가 말한 거 기억해? 세상에 균형이 존재한다는 얘기."

"아참, 나 출근하지 않은 채로 왔는데 회사에 얘기하고 다시 올까? 아니면 전화할까?"

가방 들고 급히 일어서는 그를 향해 그란시나가 손짓하며 만류했다.

"앉아. 이미 얘기해두었어. 20분 정도 늦을 거라고 했거든. 걱정 마. 외부 업체 담당자가 회사 앞 카페에 기다리고 있다고 했으니까. 대충 둘러댔어. 어쨌든 늦는다고 했으니 괜찮아."

"20분? 우리가 여기에 온 지 10분이 훌쩍 넘었는데 무슨 말이야?"

"놀라진 말고 잘 들어. 여기 사무실에 들어온 순간부터 시간은 정지해. 그건 걱정하지 않아도 돼."

자신 시계가 멈춘 것은 배터리 탓이라 생각한 야니가 믿기지 않는다는 듯 휴대폰을 꺼냈다. 시간이 정지해 있다는 사실을 인지한 그가 천천히 고개를 좌우를 흔들며 말했다.

"시간이 왜 멈춘 거야? 겁주지 말고 솔직히 얘기해."

그녀를 바라보면서 야니가 휴대폰을 천천히 가방에 넣었다.

"겁먹을 필요 없고 무서운 것도 아니야. 알고 보면 아무것도 아닌

일이야. 당신이 뭔가 잘못했거나 문제가 있진 않아. 오늘 여기로 부른 이유를 설명할게."

"어? 어. 고마워."

말을 더듬는 야니가 가방을 내려 놓고 다시 소파에 앉았다.

"조건이 있어. 지금부터 하는 얘기는 그 어떤 사람에게도 말해선 안 돼. 물론 아무도 믿지 않을 테니까. 무슨 말인지 알겠어?"

입술을 굳게 다문 야니를 보며 그녀가 단호하게 말했다.

"알았어. 그란시나 널 믿어. 그러니까 얘기해."

인중에 땀이 맺혀 있는 그의 얼굴이 붉어졌다.

"야니, 당신은……."

갑자기 야니가 일어섰다.

"미안. 어제 술 먹어서 속이 좋지 않아. 구토할 것 같은데 화장실 써도 돼?"

뜬금없는 그의 행동에 이번엔 그란시나가 말을 더듬었다.

"저…… 저기 뒤에 문이 보이지. 천천히 다녀와. 같이 안 가도 되겠어?"

야니가 괜찮다고 말하고 화장실로 뛰어갔다. 변기 뚜껑을 열고 주저앉아 구토를 하기 시작했다. 커피와 누런 위액이 섞여 나왔다. 눈은 빨개졌고 눈물과 콧물이 쏟아졌다. 변기 물을 내리고 자리에서 일어나 거울을 보며 현기증이라도 난 듯 그가 휘청거렸다. 정지해 있는 시간, 신분 노출, 정류장 남자…… 그는 시간이 멈추었다는 것을 깨닫고 나서부터 속이 울렁거렸던 것이다.

빨개진 눈으로 야니가 화장실 문을 열고 나갔다. 그란시나 옆에는 한 남성이 서 있었다. 남성을 본 그가 걸음을 멈추었다. 잘 다려진 와이셔츠, 빛나는 구두, 회색 넥타이를 하고 있었다.

"놀라지 마세요. 야니 존스 씨. 얘기 많이 들었습니다. 미로 여행사 본부장 에릭 영입니다."

에릭 인사에 엉겁결에 걸어나와 악수를 한 야니가 충혈된 눈을 비볐다. 입에서 매스꺼운 가스가 올라오는 것을 느꼈지만 애써 참고 있었다.

"그란시나가 야니 씨에 대해 많은 것을 얘기해주었습니다. 언젠가는 꼭 한 번 만나게 되겠구나 하고 생각했죠. 들은 것보다 훨씬 미남이군요."

"아…… 네. 감사합니다."

그란시나와 에릭을 번갈아 쳐다보며 야니가 천천히 소파에 앉았다. 에릭도 소파에 앉아 온화한 미소로 말했다.

"균형에 대해 그란시나가 얘기한 걸로 알고 있습니다."

야니도 기억하고 있었다. 함께 술 마시며 취한 상태로 들은 말이었지만 평소엔 그런 말 안 하는 그녀였기 때문에 또렷하게 머리에 남아 있었던 것이다.

"세상 모든 사물에는 균형이 존재하고 있습니다. 플러스가 있으면 마이너스가 있고, 남자가 있으니 여자도 있고요. 검은색 그리고 흰색도 있습니다. 슬픔도 기쁨도 함께 있는 것이죠. 세상 만물은 한쪽으로 쏠리지 않게끔 중심을 잡고 있어요. 믿기 힘들겠지만 그 균형은 오래전부터 조정되어 왔습니다."

"조정? 그게 무슨 말이죠?"

에릭이 그란시나를 바라보았다.

"그란시나에게 처음 설명했을 때 저에게 한 질문과 같군요. 대부분 균형은 자연스럽게 유지되고 있습니다만 만약 균형이 흔들리고 있다면 조정할 수밖에 없습니다. 우리와 함께 일하고 있는 도톰보란 친구는 제 얘길 듣고 그건 조정이 아니라 조작이라고 말하며 믿지 않으려 했으니까요."

그란시나가 도톰보 이름을 듣자마자 웃었다. 그란시나와 미소 짓는 에릭과 달리 야니 표정은 상기되어 있었다.

"세상을 인간이 조정한다고요? 낮과 밤? 검은색 흰색? 그게 말이나 되는 소리인가요?"

따지는 야니 말투에도 에릭은 낮고 부드러운 목소리를 유지했다.

"검은색 흰색은 비유적으로 말한 것입니다. 균형을 위해 활동하는 사람은 실제 존재합니다. 아, 다시 소개할게요. 미야쇼라는 회사에서 일하고 있습니다. 저는 미야쇼 리더 에릭 영이라고 합니다. 우리는 이별을 조정하고 있습니다."

야니가 숨을 크게 들이마시며 허리를 곧게 폈다. 아랑곳하지 않고 에릭이 말을 이어갔다.

"미야쇼에서는 사랑과 이별이 어느 한쪽으로 기울지 않도록 중심을 잡고 있습니다. 놀이터에 있는 시소처럼 말이죠. 사랑, 이별도 균형이 맞아야 합니다. 사람은 누구나 사랑하고 싶어하죠. 그러나 모든 사람이 사랑만 할 수 없습니다. 그냥 두게 되면 사랑만 기하급수적으로 늘어납니다. 결국 균형이 맞지 않게 되거든요. 때문에 미야쇼가 개입해서 인위적 이별을 시키고 있습니다. 그들이 헤어지고 나면 미야쇼 요원에게 한 건당 1천 달러씩 지급하고 있습니다."

한쪽 입고리가 올라간 야니가 혀를 찼다.

"1천 달러를 준다고요? 돈으로 유인하는 거네요. 그죠? 내가 이럴 줄 알았어. 하하. 무슨 대단한 일을 하길래 한 건당 그렇게 큰돈을 주는 거죠? 지금부터 얘기가 조금이라도 이상하거나 마음에 들지 않으면 여기서 나갈 겁니다."

야니가 그란시나를 째려보며 쏘아붙였다.

"그란시나. 할 말 있으면 네가 해봐. 나를 왜 여기까지 데리고 온 거야?"

"야니, 에릭 얘길 좀 더 들어봐."

그란시나가 냉장고에서 생수를 가져와 야니에게 건넸다. 그의 불쾌한 표정을 흘깃 본 에릭이 그녀 어깨에 손을 올렸다.

"그란시나도 처음에 혼란스러워 했어요. 그 심정 충분히 이해합니다. 그렇지만 야니 씨와 가장 친한 사람이 저와 함께 일하고 있어요. 정말 나쁜 일이기나 위법한 일을 했다면 이 친구가 미야쇼 일을 하고 있겠어요? 그란시나가 착하고 바른 사람이란 걸 야니 씨도 알고 계시죠?"

에릭 말처럼 그란시나와 함께 있기 때문에 그는 인내하며 얘길 듣고 있었던 것이다. 야니가 경험한 그녀는 거짓말 하거나 사람을 이용하는 그런 사람이 아니었다.

"진정한 사랑의 가치는 이별을 경험한 후에 비로소 알게 됩니다. 이별해보지 못한 자는 사랑이 뭔지 모릅니다. 아니 알더라도 반쪽인 거죠. 물론 이 세계가 사랑으로 가득 차면 좋겠지만 균형에 맞지 않아 불가능해요. 미야쇼라는 회사가 이별을 조작한다고 볼 수 있습니다만 넓은 의미에서는 가치 있는 일을 하는 회사입니다. 이별을 통해서 비로소 진짜 사랑을 알게 되거든요."

온화한 표정으로 말하고 있지만 급한 쪽은 에릭이었다. 최근 균형이 심하게 맞지 않아 미야쇼 상부에서 그를 채근하고 있었다. 미야쇼 요원 자리가 하나 비어 있었고 야니가 요원이 된다면 일 속도도 탄력받게 되는 것이었다. 그래서 리더인 에릭이 직접 설득하러 온 것이었다.

"하나 물어봅시다. 누가 이런 일을 지시하는 거죠? 정부인가요? 투명한 단체입니까?"

야니는 명확한 답을 원하고 있었다. 한 건당 1천 달러라는 돈을 준다는 것부터 평범한 회사가 아님을 알아차린 것이었다.

"그것은 저도 모릅니다."

"돈 주는 출처도 모른다? 이게 무슨 말이 되는 얘깁니까? 좋습니다. 돈이 어디서 나오든 저는 알 바 아니고요."

야니가 그란시나를 보려 보며 차갑게 말했다.

"그란시나, 리헤르는 왜 나를 버린 거야? 너희가 개입했어? 이별을 조정한다고 했잖아. 맞지? 리헤르가 헤어지자고 한 이유가 너야? 아님 이 사람이야?"

강하게 쏘아 붙이며 말하는 야니를 보며 그란시나가 물을 마셨다. 그가 쉽게 받아들이지 않을 것이라고 이미 예상한 그녀였다. 불신 가득해진 사무실 공기를 바꾸지 않으면 안 되었다.

"야니, 진정해. 리헤르 얘기는 나중에 설명해줄게. 응?"

"뭐야. 지금 얘기할 수 없다는 거야?"

"사무실에 머무를 수 있는 시간은 1시간으로 제한되어 있어. 그리고 사무실로 빨리 오게 한 것은 너를 미행한 사람이 있었기 때문이야. 프라젠 소속 요원이야. 그 자들이 여기에 오면 우린 모두 능력을 잃어버려."

"젠장. 그런 건 잘 모르겠고 리헤르가 왜 헤어지자고 했는지 빨리 말해."

사랑한 옛 연인을 잊지 못하고 있는 야니 입에서 거친 말이 튀어나왔다. 리헤르와 헤어진 이유를 명확히 모르는 그의 물음은 어쩌면 당연한 것이었다.

"야니. 당신은 키오라이마야. 키오라이마."

"키오라이마? 헤어진 이유를 말하라니까 무슨 엉뚱한 소리야!"

야니 목소리가 사무실에 울렸다. 그는 매일 리헤르를 그리워했고 힘들어했다. 헤어진 이유를 먼저 말하지 않으면 그 어떤 말도 듣지 않을 기세였다. 그란시나가 야니를 똑바로 쳐다보며 담담히 설명했다.

"헤어진 이유보다 먼저 알아야 할 게 있어. 일단 내 얘기 들어. 당신은 사랑하는 강도가 높은 사람이야. 보통사람보다 몇백 배 강한 힘을 가진 사람인데 우리는 그 힘을 가늠할 수 없어. 그런 사람을 키오라이마라고 불러."

"사랑 강도가 높다는 말이 뭐야? 쉽게 설명해."

꼬치꼬치 캐묻듯 말하는 야니와 달리 그란시나는 부드럽게 설득하고 있었다.

"당신이 사랑하면 남들보다 비교할 수 없을 만큼 에너지를 뿜어낸다는 의미야. 색으로 말하면 엄청 진한 색이고 숫자로 말하면 정말 높은 숫자야."

"내가 키오라이마라는 걸 어떻게 알게 된 거지?"

그란시나가 야니 뒤 벽을 가리켰다.

"저기 보이는 삼각형 나무 상자에서 종이가 출력이 돼. 시계처럼 보이지만 시계가 아니야. 미야쇼 요원이 해야 하는 일을 포함해서 모든 정보가 저기서 나와. 네가 키오라이마라는 것도 출력된 자료를 보고 알았어. 너는 리헤르를 만나고 나서 키오라이마가 되었어."

"좋아. 그럼 내가 미야쇼에서 일한다고 치자. 그럼 당신들이 얻는 것이 뭔데?"

야니 얼굴이 점점 붉그락푸르락해지고 있었다.

"간단해. 당신은 균형을 위해 일하고 세상은 균형을 유지하게 되는 것이야. 그리고 돈을 많이 벌게 될 거야. 그것뿐이야."

옆에서 지켜보던 에릭이 헛기침을 하며 끼어들었다.

"야니 씨는 사랑이 뭔지 아는 사람이죠. 감성적이고 인간적인 사람입니다. 인간 감정을 잘 이해하는 사람만 미야쇼에서 일할 수 있어요. 최적화된 사람이죠."

에릭이 꼰 다리를 풀고 야니에게 가까이 다가갔다.

"이별을 나쁘게만 보면 안 됩니다. 헤어지면 또 다른 사랑이 찾아옵니다. 물론 미야쇼가 조작해서 이별하게 된다 하더라도 그 사람은 분명 성장할 겁니다. 전체 흐름을 봐야지 하나만 보는 건 숲을 보지 않고 나무만 보는 것이에요."

의미를 이해하게 된 야니가 에릭을 노려보며 말했다.

"그럼 리헤르와 저는 왜 헤어진 거죠?"

야니가 몇 번째 같은 질문을 반복하자 에릭은 야니 시선을 피하며 말하길 주저했다. 야니가 에릭 시선을 따라가 붙잡았고 에릭이 포기했다는 듯 고개를 끄덕였다.

"잘 들으세요. 리헤르 씨는 사랑하는 마음이 없어졌어요. 그것은 미야쇼가 개입한 것이 아니라 자연스럽게 감정이 없어졌어요. 쉽게 말하면 사랑하지 않았기 때문에 헤어지자고 한 것입니다."

야니가 믿을 수 없다는 듯 고개를 저으며 벌떡 일어나 그란시나를 향해 소리쳤다.

"아니야. 그건 아니야. 거짓말 마! 헤어지기 전날도 그 전전날에도 날 사랑한다고 했다고! 그란시나, 너도 알잖아? 리헤르가 날 얼마나 사랑했는지 알고 있잖아! 그 사람이 그럴 리가 없어. 리헤르 말과 행동이 다 거짓이었다는 거야? 그건 절대 불가능한 일이야."

소리치는 야니 목 힘줄이 빨갛게 달아올랐다. 조용히 부드럽게 설명하던 그란시나도 지지않고 강하게 말했다.

"그건 너 생각일 뿐이야! 리헤르 진짜 마음을 모르잖아. 자연적으로 끝나버리는 사랑은 많고 많아! 죽어버린 꽃과 같은 거야. 누가 꺾은 적도 밟은 적도 없어. 리헤르 스스로 사랑이 없어진 걸 어떻게 해? 그걸 탓할 수 있어? 너는 그런 적이 없니? 다 똑같아. 그러니까 리헤르 포기해. 진심으로 말하는 거야."

야니가 고개를 숙인 채 아무 말 하지 않고 있었다. 리헤르와 보낸 모든 시간이 떠올랐을 것이다. 그를 누구보다도 잘 아는 그란시나가 다가갔다.

"야니, 문자로 네가 해야 할 일이 전송될 거야. 성공하게 되면 돈이 입금돼. 일은 아주 간단해. 내 말 믿고 딱 한 번만 해봐. 돈 벌면 마음이 달라질 거야."

고개 숙인 야니 어깨가 들썩였다. 참고 있던 감정이 몰려온 듯 그가 떨리는 목소리로 말했다.

"나 이제 어떻게 하지? 리헤르 없이 어떻게 살아. 그 사람 없으면 안 된다고. 리헤르가 아니면 안 된다고. 지금껏 힘들어도 리헤르 생각으로 버텨왔는데 이게 뭐야? 뭐냐고! 모든 게 끝난 거야? 그란시나, 설명 좀 해봐. 제발……."

야니가 흐느끼며 울기 시작했다. 에릭이 사무실 제한 시간이 다 되었다고 그란시나에게 신호했다. 그녀가 울고 있는 야니를 부축해서 사무실 밖으로 나갔다. 그녀 어깨가 야니 눈물로 얼룩졌다. 그들 뒤에서 에릭이 M.Y 사무실 문을 조용히 닫았다.

4년 전,

마로히 역은 여행객으로 가득했다. 마로히 섬 중심으로 여섯 개 작은 섬이 북두칠성처럼 이어져 있기 때문에 관광객이 끊이지 않았다. 일본의 신칸센, 프랑스 TGV처럼 고속철도는 없었지만 코노로스인 전철은 섬 전체를 연결하는 주요 교통수단이었다. 코노로스인 자유이용권을 구매하면 모든 섬에 갈 수 있기 때문에 오전 시간에는 관광객으로 발 디딜 틈이 없었다.

"미로 여행사는 빨간 깃발입니다. 이쪽으로 안내하겠습니다."

큰 소리로 말했지만 시끄러운 역 안은 그녀 목소리로 감당이 되지 않았다. 제대로 걷기 힘들 만큼 관광객이 많았다. 사무실에서 펜

대 굴리며 일할 수 있었지만 그녀가 지원해서 현장에 나온 것이었다. 펜만 들고 기획하는 사람이 되지 않기 위해서 그녀는 노력을 해왔고 영업사원 인터뷰도 많이 진행했다. 그녀가 관광객을 이끌고 수십 대 버스가 대기하고 있는 곳으로 향했다. 이탈하는 관광객이 있는지 그녀는 몇 번씩 뒤를 돌아보며 확인했다. 전화벨이 울렸다.

"그란시나 씨. 잘 하고 있어? 처음이라 힘들지? 내근만 하다가 외근하니까 정신없을 거야. 오늘 하루만 고생해줘."

"본부장님. 전화주셔서 감사합니다. 이제 버스까지 안내하면 됩니다. 현장 경험이 기획 일에 도움될 것이라 생각합니다."

"맞아. 나도 한때는 말이야……."

본부장의 장황한 설교가 시작되었다. 여행사 깃발을 들고 큰 가방을 맨 채 통화하는 그녀가 힘에 부친 듯 인상 쓰며 조용히 듣고 있었다. 다른 사람이었다면 전화를 끊었을 것이다. 본부장 에릭 영은 그란시나를 신뢰했다. 노력하는 그녀를 인정하여 정기적 외근을 보장해주었다. 본부장 전화가 끝나고 그녀가 버스 주변에 몰려 있는 고객을 향해 뛰어갔다.

미로 여행사는 마로히에 있는 수많은 여행사 중 매출 2위의 큰 규모 여행사였다. 1년 전 그란시나가 기획한 one-ticket 프로그램은 정착했고 소위 잘 나가는 상품 중 하나가 되었다. 다른 회사도 줄줄이 벤치마킹 했지만 미로 여행사 마일리지와 서비스를 경험한 고객은 이탈하지 않았다. 그런 공로로 6일간 포상 휴가를 받아 부모님과 여행을 다녀오기도 했었다.

그녀는 인원이 맞는지 입으로 세어가며 확인했다. 한 명이라도 맞지 않으면 출발할 수 없기 때문이었다. 출발 시간을 맞추기 위해 그녀는 오전 내내 뛰고 또 뛰었다. 출발시간이 늦어지면 도착지 관광에 차질이 생기기 때문에 인원 파악은 필수였던 것이다. 그녀 이마에 땀방울이 맺혔다. 버스 두 대에 태우고 직원에게 회사 깃발을 건넸다. 버스에 올라 안전 여행을 기원하며 깍듯이 인사했다. 할 일이 모두 끝난 것이었다.

"아, 정신 없어. 생각보다 힘드네. 다음부터 운동화를 신고 와야지 구두로는 답이 없네요."

자판기 앞에선 그란시나가 중얼거렸다. 커피 한 모금 들이킨 그녀가 주차장으로 발걸음을 옮겼다. 차에 올라 아침에 있었던 일을 간단하게 메모한 뒤 회사로 향했다. 운전하던 중 전화가 오자 인상을 쓰며 전원을 꺼버렸다. 휴대폰이 조수석 바닥에 떨어졌다. 헤어진 남자친구였던 것이다.

사무실 도착한 후 보고서 작성을 시작했다. 타이핑 소리가 점점 빨라졌고 프린터에서 보고서가 출력되어 나왔다. 그녀가 내용을 확인하면서 16층으로 뛰어 올라갔다. 다행히 시간 내 도착한 것이었다. 그란시나가 노크했다.

"들어오세요."

본부장 에릭은 항상 미소로 직원을 대했다. 에릭은 지금까지의 다른 임원과 달랐다. 함부로 질책하지 않았고 부하직원을 존중해주었다. 마음에 들지 않는 것이 있을 때는 다시 한번 더 생각봅시다 정도 말만 했다.

"무슨 일 없었죠? 내 전화가 불편했죠?"

예상치 못한 질문에 그란시나가 당황해 하자 에릭이 손사래 치며 웃었다.

"하하. 아닙니다. 농담이에요. 그럼 보고해 보세요."

그녀가 평소와 달리 머뭇거리자 에릭이 슬쩍 쳐다보며 웃었다.

"관광객 22명 모두 무사히 출발했습니다. 다른 특별한 상황은 없었습니다. 건의할 것은 고객에게 놀이공원에서 주는 종이 팔찌 같은 것을 부착하면 어떨까 싶습니다. 우리 회사 고객임을 한 번에 알 수 있고 고객 간에도 쉽게 확인할 수 있습니다. 금일 고객은 적었지만 만약 더 늘어난다는 것을 가정한다면……."

"그란시나 씨. 오늘 조금 피곤한가 봐요. 보통 때와 다르게. 그죠?"

그녀 말을 끊으며 에릭이 말했다. 보고 경험이 많은 그녀였지만 말이 끊긴 적은 한 번도 없었다. 에릭은 끝까지 들어주는 스타일이었지만 오늘을 달랐다. 그가 앉아 있는 뒤 벽에는 나무로 만든 장식품이 있었다. 삼각형에 긴 침 하나, 중간에는 시계처럼 동그란 모양이 그려져 있었다.

"그란시나 씨, 균형이란 단어를 알죠? 모를 리 없겠지만."

에릭이 그녀 시선이 향해 있는 곳을 보며 말했다. 그란시나는 딴짓 하다가 선생님에게 걸린 학생처럼 당황해 했다.

"세상 만물에는 균형이 존재해요. 남자와 여자, 흰색과 검은색, 낮과 밤, 말하자면 이 세계는 균형을 필요로 합니다. 한쪽이 일방적으로 많거나 무겁거나 하면 안 돼요. 항상 균형을 유지해야 하는 겁니다. 중심을 잘 잡아야 하는 것이죠."

진지했던 표정이 밝아지며 에릭이 말했다.

"자, 오늘 경험한 것을 잘 기록하고 정리해둬요. 다음 주 월간 경영회의 때 결과를 저에게 다시 보고하세요. 토론해봅시다. 팀장에게 보고는 따로 받고 있지만 그란시나 씨는 수시로 와서 말해줘요. 직접 듣는 것과 한 다리 건너서 듣는 건 어감부터 다르니까요. 아무튼 수고했어요."

에릭은 보고서를 읽지 않은 채 그란시나에게 돌려주었다. 신뢰감의 표현이었다. 그란시나가 얼떨떨한 표정으로 허리를 꾸부정하게 숙이며 인사했다.

"그리고 내가 얘기한 균형에 대해서도 생각해보고."

"네, 알겠습니다."

그란시나는 며칠 뒤 M.Y라고 적힌 사무실에서 에릭과 만났다. 몇 달 후 여행사를 그만두고 식품회사 쿡앤 기획팀으로 이직했다.

1_3

그랑비나 호텔 주차장에는 경찰차, 구급차 빨간 불빛이 사방으로 어지럽게 흔들리고 있었다. 구급 요원이 총에 맞고 쓰러진 50대 남성을 구급차로 옮겼고 경찰은 현장 보존을 위해 안전망을 설치했다. 호텔 직원, 결혼식을 마친 하객 등 많은 사람이 이 광경을 지켜보고 있었다. 대낮에 발생한 총격 사망사고에 모두 경악을 금치 못했다. 결혼식을 마친 신혼부부가 출발하지 못하고 있었다. 축하받고 행복해야 하는 날에 일어난 사망사고는 이들에게도 충격이었을 것이다. 꽃으로 장식한 승용차가 사고 난 주차장에 있었기 때문에 현장 보존을 이유로 출발이 미뤄지고 있었다.

"저리 뒤로 물러나 주세요. 어이! 여기 사람들 빨리 정리 좀 해!"

리암 마티네즈는 25년 경력 베테랑 형사였다. 호리호리한 몸에 볼이 쏙 들어가 있어 가냘프게 보였지만 칼날 같은 눈빛은 그의 직업을 말해주고 있었다. 짜증 섞인 리암 지시에 정복 입은 경찰이 빠르게 움직였다. 아이와 놀이 공원에 갔다가 연락을 받고 급하게 호텔로 온 그였다. 놀이공원 자유이용권 종이가 손목에 달려 있었고 볼에는 빨간색 하트가 반쯤 지워져 있었다. 안전망 밑으로 허리를 숙여 들어간 리암이 사고 장소로 향했다. 피가 바닥에 흥건했고 피에 젖은 손수건이 보였다. 감식반이 도착했다는 말에 그가 뒤를 돌아보자 마스크를 한 경찰이 모여 있는 사람들 틈을 비집고 현장을 향해 걸어오고 있었다.

"제임스! 새롭게 확인한 것 있어?"

호텔 직원을 조사하고 있던 제임스가 기다려달라고 손짓했다. 제임스 가르시아 형사는 10년차 형사로 리암 후배였다. 큰 키에 곱슬머리, 쌍꺼풀이 짙게 진 그는 30대 중반으로 부드러운 인상, 상냥한 말투의 소유자였다. 성실한 제임스 태도에 리암은 오래전부터 그를 신뢰했다. 결혼을 앞둔 제임스를 집으로 초대해 가족과 함께 식사를 하기도 했다.

"현장 주변에 있던 사람들 중심으로 조사했습니다만 사망자를 안고 울었다는 직원이 보이지 않습니다."

"잘 찾아봐. 분명 주변에 있을 거야. 화장실에서 울고 있을 수도 있어. 사람이 죽었으니 놀라고 패닉이 오고 뭐 그런 거 아니겠어?"

리암이 짜증스런 표정으로 볼에 그려진 하트를 지우려 비볐지만 지워지지 않았다.

"이상한 점은 하나 더 있습니다. 울고 있던 직원을 아는 사람이 없었습니다. 도어맨도 오늘 처음 봤다고 하더라고요. 다른 한 명과 함께 지하 주차장 쪽으로 빠르게 이동했다고 하는대요. 두 명 모두 처음 보는 직원이라고 했습니다."

"뭐? 총 맞은 사람을 안고 울어주는 천사가 내려왔다는 얘기야? 다들 경황이 없기 때문에 증언 전부를 신뢰하면 안 돼. 다시 한번 조사해봐."

리암이 멀리 서있는 신혼부부를 힐끔 쳐다보며 감식반 직원에게 다가갔다.

"저 신혼부부가 아직 출발도 못하고 있는데 꽃 단장한 차는 출발해도 되지 않겠어?"

"안 됩니다."

안 된다는 걸 알고는 있었지만 짤막한 답변에 '안 될 건 또 뭐야' 라고 말하며 투덜거렸다. 리암이 신혼부부 쪽으로 다가갔다.

"죄송하게 되었습니다. 저는 이 사건을 담당하고 있는 리암 마티네즈 형사입니다. 저 차는 감식이 끝나기 전까지 이동할 수 없게 되었어요."

리암이 머리를 긁적였다. 신부 아버지로 보이는 사람이 다른 차로 가기로 했다며 괜찮다고 말했다. 신혼부부는 손을 꼭 잡고 있었다.

"네, 알겠습니다. 나중에 필요에 따라서는 조사할 수 있으니까 연락하게 되면 협조 부탁드립니다. 그리고 결혼 축하드립니다."

리암이 인사를 한 후 현장으로 되돌아갔다.

"여보. 미안해. 애들이 실망하지 않았어? 미안하다고 전해줘. 지난달 결혼 기념일 잊은 건 다시 사과 할게. 응? 아니야. 내가 미안하지. 또 시간 낼 테니까. 집에 들어가기 전에 전화할게. 사랑해."

전화를 하면서도 현장을 응시하던 리암이 제임스를 불렀다.

"안고 울었다는 직원 빨리 찾아 보고 주변 목격자가 더 있는지도 확인해. 그리고 인사 담당자에게 전화해서 신상 파악해보고."

제임스가 수첩에 메모 후 호텔 현관으로 향했다. 제임스는 간단하게 이 사건이 끝날 것이라고 생각했다. CCTV 확인하고 나면 용의자 동선과 당시 상황이 파악된다. 사망자 신원 확인하고 주변 인물 조사 마치면 윤곽이 나올 것이다. 제임스가 예상하고 있는 흐름이었다.

1_4

제임스가 마로히 경찰서에 복귀했다. 목격자 중심으로 조사했지만 사건을 풀어줄 마땅한 단서는 없었다. 현장에 남아 있는 지미 형사에게 부탁하고 왔지만 썩 내키지 않았다. 형사과에 도착한 제임스가 책상에 쌓인 서류를 보고 한숨을 쉬었다. 범인 잡는 일에만 집중하고 싶었지만 방법이 없었다. 영수증 처리와 지난달 있었던 소매치기 사건 보고서는 시작도 못했다. 제임스 어깨로 커피가 불쑥 나왔다.

"쉬엄쉬엄해. 제임스."

동료 형사가 한마디했다. 고맙다며 짧게 대답하고 보고서를 작성하기 시작했다. 사망자를 안고 있던 직원은 처음 보는 사람이었다는 증언이 제임스 머리에서 떠나지 않고 있었다. 보고서가 끝나갈 무렵 한 통의 전화를 받은 제임스가 커피를 한입에 털어넣고 형사과를 나섰다. 그가 도착한 곳은 마로히 CSI였다. 경찰서와 가까운 곳에 있었다. 과학 수사팀 A라고 적혀 있는 사무실 문을 열자 한 여성이 모니터를 열심히 들여다보고 있었다.

"제임스, 왔구나. 어서 와서 이것 좀 봐."

"소피아, 나 숨 좀 돌리자. 오자마자 일 시키고 그래."

"냉장고 열어봐. 오렌지 주스 있어. 리암 형사님 잘 지내고 계시지?"

소피아 조던은 황금색 긴 머리에 진한 눈썹, 작은 얼굴, 오뚝한 코를 가졌다. CSI에서 미인으로 소문난 그녀였다. 소피아가 볼펜으로 책상을 두드려가며 말했다.

"이상해. 총격으로 사망한 자는 제라드 스미스라는 사람인데. 3년 전부터 지명수배로 경찰이 쫓고 있던 사람이야."

"그래? 지명수배자였구나."

"건설회사 대표였어. 도박으로 돈을 탕진했고 횡령으로 회사는 부도 처리되었어. 또 투자자를 모아서 거액의 사기도 쳤어. 지명수배 3년 동안 잘 도망 다니던 사람이 호텔에 나타났다? 이상하지 않아?"

"이상할 것까지는 없지. 결혼식이 호텔에서 있었으니까. 몰래 참석하려고 했던 것일 수도 있어. 어? 이거 맛있는데. 어디서 산 거야?"

제임스가 주스를 마시며 병을 이리저리 훑어보았다. 소피아가 한심한 표정을 하며 말했다.

"오늘 아침에 직접 갈아서 갖고 온 거야. 병을 보면 모르겠어? 그게 마트에서 파는 것처럼 보여? 그리고 내 말에 집중 좀 해."

제임스가 소피아를 향해 웃으며 앉았다. 그의 입가에 주스 건더기가 붙어 있었다.

"제임스. 잘 들어봐. 3년간 잘 숨어 있다가 여길 왔다는 것도 이상해. 고향이라 아는 사람도 많았을 텐데 말이야. 알잖아? 마로히는 한 다리 건너면 아는 사람일 정도로 좁은 동네야. 호텔은 사람이 많아서 노출될 우려가 있고. 게다가 그랑비나 호텔은 마로히에서 가장 크고 유명해. 거길 왜 갔을까?"

소피아가 제임스 입가에 묻은 오렌지를 떼려고 하자 그가 스스로 털어냈다.

"조금 전 현장에 가 있던 형사와 통화했어. 제임스 당신 후배 있잖아."

"지미, 지미 헨더슨."

"그래. 지미 형사가 그러더라. 그가 어떻게 호텔로 오게 되었는지 CCTV 확인해서 알려주겠다고 했어. 느낌상 우발적 범행은 아닌 것 같아. 기록을 확인해보니까 사망한 제라드 스미스 사기 때문에 자살한 사람도 있었어."

"하긴 너 말대로 우발적 범행은 아니겠지. 나도 동감해."

CCTV와 목격자, 주변 인물을 조사하면 윤곽은 나올 것이라 제임스는 이미 예상하고 있었다. 의아한 점은 사망자를 부둥켜안고 울던 직원 행방이 묘연하다는 것이었다.

"CCTV 확인하면 알 수 있겠지. 쉽게 풀리지 않겠어? 사망자 관련 자료 여기에 있어. 가지고 가."

제임스가 고개를 끄덕이며 자료를 챙겼다. 그가 일어서자 그녀도 함께 일어났다.

"소피아. 항상 고마워."

"벌써 가려고?"

"응. 지미에게 다른 목격자가 있는지 조사하라고 일러 두었는데 내가 현장에 가서 직접 확인해야 할 것 같아. 사망자를 안고 울었다는 직원을 아는 사람이 없다는 게 석연치 않아서."

"결혼 준비는 잘 되어가?"

소피아가 무덤덤한 표정으로 말했다. 제임스가 그녀를 보며 피식 웃었다.

"그럼. 잘 되어가고 있지. 리암 선배 집에서 식사도 같이했어. 선배는 결혼을 늦게 해서 그런지 형수에 대한 사랑이 대단하더라. 하긴 선배와 사는 형수가 훌륭하지. 맨날 늦게 들어가는데 불만 없다는 것 자체가……."

"미안해. 이게 다 내 잘못이야."

순간 사무실에 정적이 흘렀다. 소피아는 지금도 그가 선물해준 반지를 끼고 있었다. 그녀는 제임스를 잊지 못하고 있었고 여전히 힘들어 했다.

"미안하긴. 이미 지나간 일이니까. 우리 너무 과거에 얽매이지 말자."

제임스가 그녀 어깨에 손을 올리고 토닥토닥하며 위로했다. 오랜 시간 연인으로 함께 한 사람에 대한 예의였다. 소피아가 그의 손을 꽉 잡았다.

"우리 다시 시작할 수 있어. 결혼하지 않았으니까 아직 시간 있잖아. 그리고 나 노력 많이 하고 있어. 술도 마시지 않고 있고 일 끝나면 요리, 요가 배우러 가. 아침 일찍 일어나 조깅하고 싫어했던 아침밥도 먹고 있어. 피곤하다며 책상에 엎드려 잔 적 없어."

애원하듯 말하는 소피아 눈가가 촉촉해졌다. 둘은 오랜 시간 사귄 경찰 커플이었다. 그녀의 잦은 음주와 남자 관계로 인해 제임스는 지쳐버렸다. 그가 먼저 헤어지자고 했고 그녀도 받아들였다. 시간이 흐를수록 그녀는 그를 잊지 못했고 생활은 엉망이 되어 버렸다. 그녀는 제임스가 그리울 때마다 남자를 바꿔가며 만났지만 그럴수록 그가 떠올랐다. 결혼소식을 알게 된 그녀가 용서를 빌었지만 소용 없었다. 그의 상대는 그녀와 전혀 다른 스타일 여성이었다. 헌신적이었고 그가 원하는 것을 이미 갖추고 있었다. 제임스가 소피아 어깨에서 손을 내리려 하자 그녀는 꽉 잡은 손을 놓지 않았다.

"소피아, 당신은 정말 예쁘고 아름다워. 나보다 더 좋은 사람이 나타날 거야. 이제 너 자신을 그만 괴롭혀. 지켜보는 나도 안타까워. 내가 무슨 말하는지 알지?"

제임스가 소피아를 뿌리치고 사무실을 나섰다. 그녀는 자신만 바라봐주며 아낌없이 사랑을 주던 그를 힘들게 했던 과거를 떠올리며 소리 없이 흐느꼈다. 제임스가 시동을 걸었다. 핸들을 잡고 한참을 생각하던 그가 불이 켜진 그녀 사무실을 쳐다보며 액셀을 밟았다.

1_5

호텔에 도착한 제임스가 지미를 불렀다. 지미 헨더슨 형사는 작은 키였지만 유도를 전공했고 탄탄한 몸을 가지고 있었다. 스노클링, 스쿠버 다이빙, 요트까지 섭렵한 그는 해상 스포츠를 좋아했다. 가끔 드라마나 영화를 보고 눈물 흘리곤 해서 제임스 놀림을 받기도 했다.

"어때. 잘되고 있어?"

"선배, 이상한 점이 있어요."

제임스가 담배를 지미에게 건네며 불을 붙였다.

"사건 초기라서 그래. 지미, 사망자 신원 알고 있지?"

담배를 한 모금 깊이 마시는 지미 표정이 심각했다.

"네. 지명수배된 자였다고 들었습니다. 호텔 인사 담당자 전화가 왔는데요. 현관에 있던 직원은 오늘 첫 출근이었다고 합니다."

"첫 출근? 그래서 다들 처음 보는 직원이라 했구나."

"첫 출근은 두 명이라고 했어요. 1층 커피숍에 일했던 남자와 현관에 있던 남자인데요. 두 명 인사 기록을 확인하려 했지만 그 자료가 감쪽같이 사라졌다고 합니다."

"신입 인사 자료가 없어졌다. 지명수배자를 호텔 직원이 안고 울었다. 슬슬 냄새가 나는걸."

"더 놀라운 사실은 CCTV인데요. 2층부터 25층까지는 녹화되어 있었는데 로비, 현관, 주차장 CCTV는 기록 자체가 없었습니다. 지운 것이 아니라 녹화 자체가 되지 않았다고 합니다."

제임스가 담배를 물며 허탈하게 웃었다.

"하하. 사건 재미있게 흘러가네. 수배 중인 남성이 살해당했고 신입 두 명 모두 감쪽같이 사라져버렸고 CCTV는 기록 자체가 없고……. 이건 치밀하게 준비했다는 것밖에 설명할 길이 없네."

지미가 제임스 말을 이어갔다.

"사망자를 안고 울던 사람은 현관에 있던 직원이었다고 합니다. 의아한 점이 하나 더 있는데요. 울던 사람이 부른 이름이 제라드 스미스가 아닌 다른 이름이었다고 했어요. 여자 이름처럼 들렸다고 했는데 정확하게 기억하진 못했습니다."

"남자를 안고 여자 이름을 불렀다고? 에이 설마. 모두 경황이 없어 잘못 들었을 거야. 아무튼 사망자, 신입 합쳐 세 명이 무언가 하려다가 일이 꼬인 것일 수도 있어. 한 명은 죽었고 두 명은 사라졌다? 사망자 주변 인물을 더 조사해 보자."

호텔 현관에 서서 주차장을 바라보는 제임스 눈빛이 매섭다.

"지미. 호텔 주변 CCTV 전부 확인해서 차량 소유자 직업, 평소에 이곳을 다녔는지 아니면 처음으로 왔는지 모조리 조사해서 알려줘. 호텔 방문자 신원 대조해 보고. 난 리암 선배 만나러갈 테니까. 부탁해."

1_6

"얘긴 들었어. 사건이 빨리 끝날 거라 생각했는데……."

경찰서 매점에는 리암과 제임스 밖에 없었다. 매점 아주머니가 쿠키와 초콜릿을 가져오자 제임스가 일어나 받았다. 리암 볼에 있던 하트는 지워져 있었다.

"호텔 총지배인에게 전화를 했더니 내일 전화를 달라고 하더라고. 지금 바쁘다고 하면서 말이지."

"부인이 총지배인 토미 따귀를 때렸다고 합니다. 토미 외도 때문에 맞았을 것이라고 호텔 직원이 말해주었어요."

리암이 껄껄 웃었고 제임스도 따라 웃었다. 리암이 초콜릿을 집어 들었다.

"호텔 직원이 알 정도면 부인이 아는 건 당연한 거 아냐. 자기 사람을 호텔에 심어두었겠지. 바람 피우려면 들키지 말아야지. 아니면 이혼하든가. 쯧쯧."

리암이 혀를 차며 초콜릿을 우걱우걱 씹었다.

"어쨌든 사건이 좀 어렵게 돌아갈 것 같아. 아무런 증거도 없고 하니 말이야. 호텔 입구, 주변 CCTV 확인해서 출입한 차량 기록을 다 살펴봐. 그들이 걸어왔을 리는 없을 거란 말이야."

"이미 지미에게 말해두었습니다."

제임스가 뿌듯한 듯 어깨에 힘주며 말했다.

"제임스, 이번 사건 집중해서 해결해봐. 나도 옆에서 도와줄 테니까. 마누라, 애들 성화가 장난이 아니야. 간만에 놀러 갔다가 사고 현장으로 돌아가는 남편, 아빠를 누가 좋아해? 그래서 다음주 다시 공원에 가자고 했어."

워커 홀릭인 리암이 가족 핑계로 신경을 덜 쓰겠다는 것은 제임스에 대한 신뢰가 있다는 증거였다. 리암이 일어났다. 제임스가 남은 쿠키와 초콜릿을 들고 매점 아주머니에게 가져다주며 사건을 수일 내에 해결하겠다 결심했다.

1_7

지미가 오전부터 형사과에 출근해 업무에 집중하고 있었다. 방대한 CCTV 자료와 호텔 출입 기록을 정리하고 있었던 것이다. 지미가 사무실 전화를 들었다.

"소피아 선배님, 별 일 없죠? 저 지미입니다."

"지미 형사님, 오랜만입니다. 그렇지 않아도 연락하려 했는데 어제 사건 때문에 전화한 것 맞죠? 제가 보내드린 대로 사망자는 제라드 스미스가 맞습니다. 관련 정보는 이미 보냈고요. 다른 결과는 나오는 대로 메일로 보낼게요."

"네, 알겠습니다. 바쁠 텐데 전화해서 죄송합니다."

"바쁘긴요. 당연히 해야 하는 일이니까요. 지미 형사님이 더 바쁘다는 걸 알아요."

지미 얼굴에 환한 미소가 번졌다. 그가 종이컵을 구겨서 쓰레기통에 던졌다. 정확히 들어갔다.

“선배님, 오늘 저녁에 시간 어떠세요?”

“네? 오늘 저녁?”

그의 제안에 멈칫한 소피아가 냉장고에서 오렌지 주스를 꺼냈다.

“어제 사건 관련해서 다른 의견 듣고 싶은 거죠? 현장 감식 결과는 시간이 조금 걸리고요. 제임스 형사도 와요?”

지미 표정이 일그러졌다. 종이컵을 구겨 쓰레기통에 던졌다. 들어가지 않았다.

“아뇨. 제임스 선배가 오는 건 아니고요. 소피아 선배님과 사건 얘기도 하면서 조언 구할까 해서 말씀드린 것이니까요. 시간 안 되면 괜찮습니다.”

“시간이 없는 건 아닌데요. 제임스가 일을 엄청 줬나 봐요. 후배에게 일거리만 잔뜩 주고 너무 하네요.”

“제임스 선배 저에게 잘해주고 있어요. 선배니까 이 정도 일만 시키는 거죠. 아무튼 언제든지 시간 되면 연락 부탁드립니다.”

“그래요. 또 연락주세요. 형사님, 고생하세요.”

지미가 종이컵을 다시 쓰레기통을 향해 던졌다.

“네. 또 연락드리겠습니다.”

그가 일어나 떨어진 종이컵 두 개를 주워 신경질적으로 쓰레기통에 집어 넣었다. 무언가 골똘히 생각하던 그가 구글 검색을 하기 시작했다. ‘재미있게 말하는 법’ 이때 제임스가 전화를 받으며 사무실에 들어오고 있었다. 지미를 본 제임스가 밖으로 나오라는 신호를 보냈다.

"네, 알겠습니다. 감사합니다. 연락드리겠습니다."

전화를 끊은 제임스가 담배를 꺼냈다.

"선배, 제가 음료라도 좀 가지고 올까요?"

"아니, 괜찮아. 조금 전에 마셨어. 지금 통화한 사람이 호텔 인사 담당자야."

"후서 로페즈라는 인사 팀장 말하는 거죠?"

"맞아, 후서 팀장."

제임스가 바닥을 응시하며 한숨을 크게 내쉬자 담배 연기가 바닥에 깔리며 좌우로 크게 번졌다. 사건이 흐름을 타지 못할 때 제임스가 하는 버릇임을 지미는 알고 있었다.

"사라진 신입 직원 말이야. 한 명씩 인사과를 찾아가 이력서를 낸 것이 아니었다고 해. 말쑥하게 차려 입은 남자 혼자 와서 제출했다는데 정시채용이나 정상적인 절차를 밟고 입사를 한 게 아니었어."

담배 연기가 눈에 들어갔는지 제임스가 눈을 비볐다.

"인사 담당자도 연루되어 있는 것은 아닐까요?"

"그건 아닌 것 같고. 샐러리맨은 직책이 높아도 결국 윗사람 눈치를 봐야 하는 파리 목숨이야. 지시가 없고서 그런 말도 안 되는 채용은 불가능해. 생각해봐. 누가 지시 했겠어?"

"설마 총지배인?"

"빙고. 정상 채용이 아닌 것을 알면서도 승인한 것은 더 큰 힘이 눌렀기 때문이지."

고개를 끄덕이는 지미에게 제임스가 다시 말했다.

"총지배인 만나기 전 인사 팀장 조사를 먼저 해야겠어. 이력서 제출한 남자 신상을 파악해보자."

"제가 인사 담당자 후…… 누구죠? 아무튼 만나보겠습니다."

"후서 로페즈."

"네. 후서 팀장 조사는 제가 하겠습니다."

"그렇게 해주겠어? 난 리암 선배에게 현재까지 진행 상황 보고할게. 지미, 알고 있지? 모든 접촉은?"

"흔적을 남긴다."

제임스가 고개를 끄덕였다.

"결혼 준비는 잘 되어 가세요?"

"준비? 반지도 사지 못했어. 결혼식장만 겨우 잡았어. 리암 선배가 결혼한 모카 웨딩홀 예약했고. 그런데……."

제임스 콧잔등에 주름이 졌다.

"그런데요."

"찜찜한 기분이야. 기쁘고 행복하고 그런 기분이 들지 않아. 부모님은 너무 좋아하는데 나는 잘 모르겠어. 사랑이 뭔지도 모르겠고 결혼이 맞는지도 모르겠어."

지미가 멋쩍게 웃었다. 제임스 고민이 소피아라는 것을 그는 알고 있었다.

"결혼 전에는 불안하고 생각이 많아진다고 하더라고요. 사촌 누나가 결혼 전에 상당히 불안해했거든요. 지금은 잘 살고 있어요."

"그래? 고마워. 시간 지나면 나아지겠지. 지미, 내가 말한 대로 조사해보자. 문제 생기면 연락하고."

"네. 알겠습니다! 저는 선배님과 일하게 된 걸 항상 감사하게 생각하고 있습니다. 제 마음 알고 계시죠? 존경합니다."

제임스가 리암과 처음 만나 일했던 시절을 떠올렸다. 아무것도 모르는 신참 형사를 하나부터 열까지 가르쳐준 리암을 지금도 존경하고 있었다. 제임스가 존경한다고 했을 때 리암이 말했었다.

"존경은 맹목적 복종이 있는 것 같아서 별로야. 형사에게 어울리는 것은 존중이지. 서로를 존중할 때 여러 의견이 모여 올바른 방향으로 가게 되거든."

지미가 형사과로 돌아왔다. 노트북에 쪽지가 놓여 있었다.

'CSI 소피아가 메일 보냈다고 전화 왔어.'

지미가 급하게 메일을 열었다. 현장 조사 결과라는 제목이 보였다. 내용은 지미가 예상한 대로 짧았다.

"현장 감식결과 보냅니다. 제임스 형사에게 안부 전해주세요. 좋은 하루 되세요."

지미가 깊은 생각에 잠긴 듯 한곳만 멍하니 응시했다. 그리고 메일 답장 버튼을 눌렀다.

'소피아 선배, 지미입니다. 메일 잘 받았습니다. 수배 중이었던 제라드 스미스가 왜 호텔에 왔는지 저도 의문입니다. 사기, 도박, 횡령까지 한 사람이 말이죠. 그리고 조만간 저녁식사 어떠세요. 제가 괜찮은 이탈리안 레스토랑 예약을 할 테니 날짜만 알려주세요. 항상 응원합니다."

1_8

'똑똑.'

호텔 인사과는 시험 치는 교실처럼 조용했다. 그 누구도 지미를 향해 인사하거나 눈길 한 번 주지 않았다. 오전의 환한 햇살과는 상반된 침울한 분위기였다. 사망 사고 영향으로 호텔 분위기가 그야말로 바닥을 치고 있었다. 지미가 사무실을 가로질러 걸어갔지만 아무도 쳐다보지 않았다. 구석에 문이 보였다. 후서 로페즈 팀장 방임을 짐작할 수 있었다. 지미가 노크를 하자 신문을 읽던 후서 팀장이 일어섰다.

"지미 헨더슨 형사님이시죠?"

"네. 연락드렸던 지미 헨더슨 형사입니다."

악수를 하고 소파에 앉았다. 사망사고로 스트레스를 받은 듯 후서 팀장 눈은 빨갛게 충혈되어 있었다.

"지미 형사님. 이런 말씀 드려서 죄송하지만 제가 전화로 말한 것 이외에는 아는 것이 없습니다."

지미가 고개를 끄덕였다.

"아닙니다. 새로운 단서를 찾기 위해서 왔다기보다 인사는 드려야 할 것 같아서요. 제가 가끔 조사하러 올 수 있기 때문에 얼굴이라도 터놓는 게 좋지 않을까 해서 왔습니다."

직원이 차를 가져 왔다. 찻잔에는 그랑비나 호텔이라고 적혀 있었다. 구수한 커피 향이 딱딱한 분위기를 부드럽게 해주었다.

"커피 맛있네요."

김이 모락모락 나는 커피를 지미가 천천히 마셨다.

"총지배인님 조사받나요?"

"그럼요."

확신에 찬 듯 말하는 지미가 찻잔을 내려놓았다.

"조사받는 것은 분명합니다."

후서 팀장이 실망한 표정으로 커피를 마셨다. 지미와 다른 컵이었다. '엄마 사랑해.'라는 삐뚤삐뚤한 글씨가 보였다.

"언제쯤 조사를 받게 되는지 알려줄 수 있나요?"

"아직 정해진 것은 없습니다만 당장 오늘이라도 조사할 수 있어요. 차일피일 미루면 직접 경찰서로 와야 하니까요. 차라리 호텔에서 조사받으시는 게 좋지 않을까요? 지역 매스컴이 시끄러워서 수사를 빨리 진행할 수밖에 없습니다."

후서 팀장이 고개를 숙였다. 총지배인 지시를 이행한 사람이었고 인사 팀장으로서 신입 두 명을 채용한 책임이 있었다. 억울할 수도 있지만 총지배인 지시였으니 거부할 수도 없었을 것이다. 그녀는 거짓말 탐지기 앞에 선 사람처럼 안절부절못하며 손톱을 깨물었다.

"1층과 주차장 녹화 영상이 없다는 것은 이번 사건이 계획된 범행임을 말해 주고 있습니다. 토미 총지배인 조사는 당연하고 관련자 조사도 해야 합니다. 총지배인도 이 사실을 알고 있을 겁니다."

"알겠습니다. 사건이 빨리 해결될 수 있도록 최선을 다해 협조하도록 하겠습니다."

"하나 여쭤보겠습니다. 한 남성이 두 명 이력서를 가지고 왔다고 하던데요. 사실인가요?"

"맞습니다. 총지배인 지인이라고 해서요. 별다른 검증없이 이력서를 받아두었습니다만 저도 그 자료가 왜 없어졌는지 모르겠습니다."

"기억나는 인상착의나 특이한 점 있었나요?"

"저와 비슷한 키에 단정한 머리, 짙은 색 넥타이를 하고 있었습니다."

지미가 수첩을 꺼내 메모를 하기 시작했다.

"인사 팀에 찾아온 날이 언제인지 기억하세요?"

"꽤 오래 되었습니다. 여섯 달 전이었던 같기도 하고요."

"그렇군요. 꽤 오래 전에 부탁을 받았다…… 알겠습니다. 제가 지금 경찰서로 다시 가봐야 해서요. 확인해주셔야 할 내용은 메일로 보냈으니까 답장 부탁드립니다."

지미가 일어났다. 인사를 하고 빠른 걸음으로 사무실을 나갔다. 후서 팀장이 사무실 밖까지 나와서 인사했다. 호텔 주차장을 향하던 지미가 수첩을 넣으며 전화했다.

"지미입니다. 조사 마쳤습니다. 이력서 들고 온 사람 인상착의 정도만 알 수 있었습니다. 인사팀장은 총지배인 얘기만 꺼내도 너무 긴장하더라고요. 네, 맞습니다. 총지배인 조사를 서둘러 해야 할 것 같습니다."

1_9

그랑비나 호텔 25층 집무실에 토미 나카무라 총지배인이 전화를 하며 못마땅한 표정을 짓고 있었다.

"바람을 피운 게 아니라니까요. 사업적으로 친하게 된 것뿐이라고요. 함께 다니다 보니까 친한 것 이상으로 보였겠죠. 저는 그 사람 입술 한번 훔쳐본 적도 없다고요. 미치겠네. 증거요? 좋습니다. 내가 한 일이 없는데 어떻게 증거가 나옵니까? 자꾸 소설 쓰시면 저도 명예 훼손으로 고소할 테니까 적당히 하세요. 지금 바쁩니다. 전화하지 마세요."

얼굴이 붉게 닳아 오른 채로 토미가 전화를 끊었다. 식식거리는 그를 제임스가 지켜보고 있었다.

"형사님. 왜 다들 저를 믿으려 하지 않을까요?"

토미가 히비끼 21년산을 꺼내어 얼음이 든 잔에 부었다. 제임스에게 한 잔 권했지만 근무 중이라며 정중히 사양했다. 한 잔 가득 채운 토미가 벌컥벌컥 한입에 털어 넣었다.

"대표님, 떳떳한 마음을 잃지 않는 것이 중요한 것 같습니다."

"형사님 말이 맞아요. 마누라 변호사가 외도, 증거 뭐 이런 식으로만 몰아가니 화가 나네요. 제 변호사를 통하지 않고 직접 얘기할까 했는데 괜한 짓이었어요."

토미가 냉장고에서 무언가 꺼냈다. 팩에 담긴 것을 가위로 자르고 나서 유리잔에 부었다. 토미가 한입에 마시고 크게 트림을 했다. 사탕을 입에 넣으며 호탕하게 웃었다.

"마누라는 보약 같은 건 챙겨주지 않아요. 물론 젊을 때야 해주었죠. 나이 들고 나니 순번에서 밀려나 버렸어요. 마누라가 키우는 개보다 못한 사람이 되었죠. 각자 삶이 중요한 거니까요. 저에게 이런 걸 챙겨주는 사람이 생기고 나서는 생활이 바뀌었어요. 마누라가 이혼을 원하면 할 겁니다."

담담히 말하는 토미에게서 부인에 대한 섭섭함 따위는 찾아볼 수 없었다. 몸에 좋은 약을 챙겨주는 사람과 관계는 불 보듯 뻔했다. 바람피웠다고 직접 말하지 않고 있지만 그는 우회적으로 인정하고 있었다. 노년 부부생활에서 자신이 일으킨 문제를 피해자인 척 말하고 있지만 반칙은 분명했다. 최고 경영자 삶은 보통 사람이 생각하는 풍요롭고 행복한 삶이 아니었다. 그것을 토미가 제임스에게 보여주고 있었다.

"대표님께서는 현재 생활에 만족하십니까?"

제임스 질문에 토미가 고개를 끄덕였다.

"만족 정도를 조절해야 하는 것이죠. 많은 기대를 하게 되면 오히려 독이 돼요. 나같이 나이든 사람이라면 더더욱 그러하죠. 형사님은 결혼했어요?"

갑작스런 결혼 얘기에 제임스가 주저하며 어색하게 웃었다.

"결혼할 상대는 있습니다."

"그렇군요. 제가 말씀 드린 것은 목표를 낮추고 작은 것에 만족하라는 뜻은 절대 아닙니다. 연애도 사랑도 마찬가지입니다. 허허. 사랑, 너무 믿지 마세요. 결국 사랑도 사람이 하는 일이라 변하게 되어 있어요."

제임스가 눈을 껌뻑하며 고개를 끄덕였다. 사건 조사할 때 상대가 말을 많이 할 수 있도록 분위기를 만드는 것이 중요했다. 토미가 분위기를 주도했고 제임스는 맞장구를 치며 그의 행동을 주목했다.

"삶의 기준이라고 해야 하나? 지향하는 바가 다르면 아무리 좋은 친구, 사랑스런 애인, 괜찮은 선후배, 착한 와이프라고 해도 결국 어긋나버릴 겁니다. 처음에야 다 좋게 느껴지죠. 시간이 흐르면 진짜 모습을 하고 나타날 겁니다. 포장지를 '쓱' 벗기듯 말이죠."

창밖을 바라보며 침묵하던 토미가 제임스를 향해 미소 지었다.

"노련하지 못했어요. 행복하려고 노력했어야 했는데 그저 돈돈하며 시간을 허비해버렸죠. 돈만 있으면 다 되는 걸로 착각했으니 말이죠. 부가 쌓이면 자연스럽게 행복도 따라오는 줄로만 알았어요. 행복과 부의 교집합은 아주 작습니다. 결국 사람이 먼저인데…… 행복 순서가 뒤바뀌면 저처럼 말년에 아주 호되게 고생하게 될 겁니다. 허허.”

“그렇군요.”

껄껄 웃는 그를 보며 제임스가 애써 미소 지었다. 결혼 질문에 우물쭈물한 스스로에게 부끄러웠다. 행복을 향해 잘 나아가고 있는지 자신에게 물었지만 되돌아 오는 답은 없었다. 반응 없는 심장 소리를 들으며 제임스가 말했다.

“하나 여쭤 보겠습니다. 후서 팀장에게 신입 직원 입사를 지시했다고 하던데 사실입니까?”

토미가 이끌었던 분위기를 제임스가 가져왔다.

“아, 그렇죠. 제 앞에 있는 분이 형사라는 사실을 잊었네요.”

토미가 양손을 소파에 걸치고 다리 벌려 앉았다. 묻는 말에 소신껏 답해줄 테니 뭐든지 물어보라는 당당한 자세였다.

“맞습니다. 지인 연락을 받았죠. 계약직으로 입사를 부탁했었습니다.”

“그 사람이 누구인가요?”

토미가 문제가 없다는 듯 양 어깨를 살짝 올리며 말했다.

“미로 여행사 본부장 에릭 영입니다.”

"미로 여행사? 제가 아는 미로 여행사 말하는 거죠? 마로히 역 앞에 큰 간판이 보이는……."

"맞습니다."

제임스가 토미를 쳐다보지 않고 메모했다. 조사가 시작된 것이었다.

"알게 된 지 얼마 되셨나요?"

"한 10년 정도 된 것 같아요. 젊은 나이에 임원이 되어 있으니 실력 있는 친구라고 해야겠죠. 저보다 어리지만 미래를 읽는 힘은 지금껏 만난 사람 중에 최고라고 생각합니다. 그 친구 돈도 많아요."

"그럼 대표님은 신입 두 명 신상에 대해서 알고 있겠군요."

슬쩍 떠보는 제임스를 향해 토미가 고개를 저으며 말했다.

"제가 알 리 있겠습니까. 관계가 중요하니까 보지 않았어요. 정규직도 아니고 계약직이라 채용에 문제는 없었어요. 손해 볼 것도 없고."

"의문점이나 이상한 점은 없었나요?"

토미가 호탕하게 웃었다. 옆으로 비스듬히 자세를 고치며 고개를 삐딱하게 했다.

"소개해준 사람과 신뢰가 중요한 것이죠. 이게 다 비즈니스 아닌가요? 형사님은 비즈니스를 잘 모르겠지만요."

"후서 팀장 말에 따르면 당시에는 채용할 수 있는 여건이 되지 않았다고 하던데요."

토미가 답답하다는 듯 일어나 인터폰을 눌렀다.

"커피 두 잔 부탁해. 시원한 물도 가져다주고."

담배를 빼어 문 토미가 담배 하나를 건네자 제임스가 라이터를 꺼냈다.

"형사님도 담배를 피웠군요."

"자주 피우진 않습니다만 이럴 때를 대비해서 담배와 라이터는 항상 지니고 있습니다."

집무실은 어느새 담배 연기로 가득 찼다. 토미와 제임스는 한마디 대화 없이 담배만 피웠다. 비서가 커피를 쟁반에 담아 와 테이블에 놓고 나갔다. 토미는 고맙다는 말 한마디 없었고 쳐다보지도 않았다.

"제가 이 호텔 대표입니다."

토미가 김이 나는 커피를 후후 불었다.

"인원이 찼다는 건 이미 알고 있었습니다만 빈자리가 생길 것은 분명했죠. 형사님은 숙박업에 대해서 모르죠? 다른 업종에 비해 이직은 아주 흔한 일입니다. 마로히 역 앞에 지금이라도 한번 가 보세요. 크고 작은 호텔이 몇 개 있는지 아십니까? 모텔, 게스트 하우스 포함하면 어마어마하게 많습니다."

"저는 숙박업에 대해 공부하러 온 것이 아닙니다."

토미 설교에 제임스가 바로 맞받아쳤다.

"제가 우리 형사님 기분을 상하게 했군요. 죄송합니다. 아무튼 사망사고가 난 것은 안타까운 일입니다. 제가 서두에 말씀 드렸습니다.

대표가 저니까 모든 책임은 지겠습니다만 채용에는 전혀 문제가 없었다고 말씀 드리고 싶습니다."

"CCTV가 1층 전체, 주차장까지 작동하지 않았다는 걸 알고 계시나요?"

토미가 헛기침을 하며 커피 잔을 내려놓았다. 이 틈을 놓칠세라 제임스가 말을 이어갔다.

"대표님, 사건이 일어난 주차장과 1층 CCTV 기록이 없어서 수사에 난항을 겪고 있습니다. 신입 두 명이 일하던 곳은 1층이었습니다. 사망사고 난 곳은 주차장이었습니다. 이상하지 않습니까? 커피숍에서 여성분 치마에 오렌지 주스를 엎지른 사람이 누군지 아십니까? 신입 두 명 중 한 명이었습니다."

토미는 사전 보고를 받았기 때문에 알고 있었다. 의아한 쪽은 제임스가 아니라 토미였다. 이런 일이 한번도 없었기 때문이다. 사건과 연루된 직원이 있을 가능성은 있었지만 대표로서 섣불리 단언할 수 없었다.

"대표님, 저는 우연이라고 생각하지 않습니다. 계획된 범행 가능성이 큽니다."

"우연일 수도 있는 것이죠. 너무 짜맞추기로 말씀하시면 곤란합니다."

제임스가 한숨을 쉬며 고개를 끄덕였다. 토미에게 얻을 수 있는 정보는 더 이상 없다고 판단한 것이었다. 수첩에 볼펜을 꽂으며 자리에서 일어났다.

"미로 여행사 본부장에게 조사차 찾아간다고 전해주십시오. 오늘 바쁘신데도 불구하고 시간 내주셔서 감사합니다. 그럼."

토미가 인터폰을 하자 남녀 비서가 집무실에 들어왔다. 토미가 악수를 청했고 제임스가 손을 잡으며 말했다.

"사건을 빨리 종결해야 호텔에도 도움이 되잖습니까? 지금처럼 매스컴에서 시끄럽게 떠들어대면 호텔 이미지에 악영향을 주니까요. 그러니 수사에 적극 협조 부탁드리겠습니다. 오늘 말씀 감사드립니다."

"시간 되면 들러주세요."

"지시해주십시오. 불시에 와서 조사하게 되더라도 대표님 보고 없이 할 수 있도록 말입니다. 잘 부탁드립니다."

"안내해드려."

쌀쌀맞은 토미 말을 뒤로 하고 제임스가 집무실을 나왔다. 그는 미로 여행사 본부장이 중요한 열쇠를 쥐고 있을 것이라 생각했다. 서둘러야 했다. 시간이 흐를수록 범인과 증거는 점점 멀어질 것이다.

1_10

아침 일찍 기획팀에 출근한 야니가 책상에 멍하니 앉아 있었다. 그란시나가 죽었는데 일이 손에 잡힐 리 만무했다. 그는 바로 옆 그녀 자리를 몇 번이고 쳐다보았다. 그녀가 죽었다는 사실이 믿겨지지 않는 듯 머리를 감쌌다. 사고 당일 도톰보는 휴가를 내고 당분간 집을 떠나 여행을 다녀오겠다고 그에게 말했었다. 야니는 앞으로 어떻게 해야 할지 정하지 못하고 있었다. 리헤르가 총을 들고 도망가는 모습이 머리에서 떠나지 않고 있었다. 사랑하는 사람을 몇 달 만에 처음 본 그는 괴로운 듯 한숨만 쉬며 고개 숙이고 있었다. 그란시나를 죽이고 뛰어가는 모습은 충격 그 자체였고 사랑과 살인범이라는 두개 감정 속에서 그는 혼란스러워 하고 있었다.

리헤르는 50대 남성, 그란시나를 왜 죽이고 도망간 것일까? 리헤르에게 전화를 했지만 전원이 꺼져 있었다. 그란시나가 출근하지 않는다면 팀장과 동료들은 야니에게 물어볼 것이다. 대충 둘러댈 수 있지만 죽음 앞에서 거짓말한다는 것은 죄를 짓는 것이라 그는 생각했다.

노런 콕스 팀장이 빠른 걸음으로 들어오고 있었다. 아침 중역회의 때 자료 숫자가 맞지 않아 회의가 엉망이 되었다는 비서실 연락이 있었다. 비보를 접한 기획팀 직원 모두는 긴장하고 있었다. 노런이 서류를 책상에 던졌다. 서류 찢는 소리에 급랭 버튼을 누른 냉장고처럼 분위기는 얼어 버렸다.

"오늘 자료 누가 만들었지?"

고객 숙인 직원 사이로 노런 목소리가 뚫고 지나갔다. 야니가 자리에서 슬그머니 일어났다. 노런이 고개를 천천히 끄덕이며 야니에게 다가갔다.

"죄송합니다. 앞으로 실수 없도록 하겠습니다."

"무슨 실수? 야니 씨가 실수를 했나? 하하."

갑작스런 노런 웃음에 직원 모두 표정이 어두워졌다.

"숫자가 맞지 않아 문제 되었다고 얘길 들었습니다. 죄송합니다."

"아냐. 실수 아니라니까. 하하."

일그러진 야니 표정과 달리 노런은 여전히 밝게 웃었다. 야니가 고개를 숙이자 노런이 그의 어깨에 손을 올렸다.

"야니 씨가 아주 큰 역할을 했어요. 숫자 오류 덕분에 이번 기획안은 통과되지 않았어. 난 처음부터 이 내용 자체가 마음에 들지 않았거든. 그 제품은 팔면 팔수록 마이너스야. 제이슨 전무가 밀어붙인 거라 하기도 싫었고. 하하."

노런과 제이슨 전무 사이가 좋지 않은 것은 직원 모두 알고 있었지만 이런 반전이 일어날 줄은 아무도 몰랐다. 그제야 직원 하나 둘 어색하게 웃기 시작했다. 노런이 자리로 돌아가 찢은 서류를 쓰레기통에 가볍게 던졌다. 그리고 점심 식사하고 오겠다며 서둘러 나갔다. 직원 모두 야니를 향해 엄지손가락을 치켜 세웠지만 얼떨떨한 그는 고개를 숙이고 있었다. 선배인 에단이 말했다.

"야니, 정말 운 좋은 거야. 알지? 앞으로 집중해. 망신당할 뻔했잖아. 그란시나와 함께 만든 자료 아니었어? 꼼꼼한 그녀도 실수하는구나. 그란시나는 보고 자료를 이렇게 만들고 휴가를 갔다? 이거 의도한 큰 그림이야? 하하."

야니가 놀라워하며 그란시나 자리에 갔다. '휴가중'이라는 메모가 작은 달력에 써져 있었다.

"그란시나가 언제 휴가를 쓰겠다고 했어요?"

"응. 지난 주말에 얘기 했어. 야니 당신이 몰랐어? 그렇게 친하면서."

야니가 자리로 돌아와 앉았다. 한참을 생각하던 그가 에단에게 다가갔다.

"문제없다면 저도 휴가 쓰고 싶습니다."

1_11

제임스가 제이미 톰슨을 만나기 위해 모카 웨딩홀 앞에서 기다리고 있었다. 예식에 필요한 옷을 고르기 위해서 제이미와 약속한 것이었다. 멀리서 제이미가 긴 머리를 휘날리며 제임스를 향해 걸어왔다. 제이미는 친구인 지미 형사 소개로 제임스를 만났다. 괜찮은 선배가 있다고 해서 나간 자리에 그가 있었던 것이다. 그의 매너와 배려에 처음부터 좋아하게 되었다.

"오래 기다렸지? 미안해. 매장에서 문제가 생겨서 늦었어."

제이미가 활짝 웃으며 그의 손을 잡았다. 그녀는 가구 매장에서 매니저로 일했다. 가구 매장은 그녀 부모님이 운영하는 곳이라 적당히 일할 법도 했지만 그녀는 열심이었다.

"제이미, 5분 정도 늦은 걸로 자꾸 그러지 마. 내가 늦을 때는 한 시간씩 늦고 그러는데."

"당신은 이 지역을 위해 일하는 형사님이니까. 그걸 이해 못하면 당신 아내로서 살 수 있겠어? 일에 집중하는 모습 보기 좋아. 내 마음 알잖아."

웨딩홀 2층으로 올라가자 황금색으로 치장한 문이 보였고 왼쪽에 상담실이 있었다. 담당자는 이미 나와 밖에서 기다리고 있었다. 제이미가 인사를 하고 담당자와 얘기할 때 제임스 전화벨이 울렸다.

"네, 선배님. 알겠습니다. 지금 바로 가겠습니다."

제임스가 도착한 곳은 경찰서 매점이었다. 리암과 지미가 기다리고 있었다. 숨을 헐떡이는 제임스에게 리암이 물을 건넸다.

"늦어서 죄송합니다. 마로히 역 주변 길이 얼마나 막히던지."

지미가 의자를 빼주자 제임스가 숨을 돌리며 자리에 앉았다.

"미로 여행사 에릭 본부장 말인데."

"신입을 호텔에 소개한 사람 말씀하시는 거죠?"

"응, 맞아. 지미가 뒷조사를 했거든."

"문제가 많나요?"

리암이 지미를 쳐다보자 수첩을 꺼내며 그가 말했다.

"에릭 집이 어딘지 명확하지 않아 뒤를 밟아봤어요. 등록된 거주지에 살고 있지 않았습니다. 실제 살고 있는 집은 마로히 외곽에 있는 어느 한적한 동네였어요. 집이 엄청 컸습니다."

"토미 총지배인 말로는 돈이 많다고 하더라고. 지금도 본부장하면서 많이 벌고 있으니 좋은 집에 사는 건 당연한 거지."

제임스가 물을 마시며 대수롭지 않게 말했다.

“그 집 인근에 살고 있는 주민부터 가까운 마트나 약국, 식당을 돌며 조사해보았습니다. 의아한 것은 독신인데 집에는 여러 명이 함께 살고 있을 거라고 하더라고요.”

심각한 지미 표정과 달리 제임스가 입고리를 올리며 생수 뚜껑을 닫았다.

“지미, 친구랑 살 수도 있고 가끔 여자가 갈 수도 있고 그런 거 아냐? 독신이니까 꼭 혼자서 살아야 하는 건 아니잖아.”

지미가 고개를 끄덕이며 말을 이어갔다.

“그게…… 그러니까 바로 옆집에 살고 있는 노부부를 만났는데요. 에릭 본부장 집과 아주 가까운 곳에 살고 있는 이웃이었어요.”

지미가 볼펜으로 종이에 그려가며 설명했다.

“노부부는 그 동네에서 오래전부터 살고 있었어요. 본부장 집이 여기고 노부부 집은 이쪽이거든요. 바로 앞이라 만나기 쉬웠을 겁니다. 주차장은 여기.”

고개를 갸웃하는 지미가 난감한 표정으로 말했다.

“그런데요. 노부부에게 본부장 사진을 보여 드렸더니 ‘저 집에 사는 남자 말하는군요. 이건 아침 얼굴인데’라고 말했어요.”

“아침 얼굴?”

제임스가 의자를 당기며 말했다.

“저도 의미를 몰라 다시 물어 봤더니 아침에만 볼 수 있는 사람이라 했어요. 오전에는 사진에 있는 사람과 인사한다고 했어요. 그런데 오후나 늦은 밤 귀가할 때는 다른 사람이 집으로 간다고 말씀하시더라고요. 차는 같은데 다른 사람이 주차하고 내리는 것을 여러 번 봤다고 했습니다."

지미가 머리를 긁적이며 제임스가 이해하고 있는지 슬쩍 쳐다보았다.

"정리하면 이런 거야? 아침에 에릭이 출근 합니다. 저녁에 귀가하는 사람은 전혀 다른 사람입니다. 또 아침에 집에서 나오는 사람은 에릭입니다. 그리고 저녁에는 다른 사람이 집으로 갑니다. 뭐 이런 흐름 맞아?"

"맞아요! 어떻게 얘기를 한 번에 이해하시죠? 역시 선배님 대단하십니다."

리암이 헛기침을 하자 지미가 미안한 표정으로 입을 쩝쩝거렸다.

"제임스, 나는 지미 설명을 이해 못한 게 아니야. 여러 명이 그 집에 살 수도 있는 것이잖아. 그자가 게이 또는 양성애자일수도 있고 경우의 수는 많아. 그냥 믿을 수 없어서 몇 번 물어본 것이었어."

지미가 죄송하다고 머리를 숙이자 리암이 농담이라며 웃었다.

"무슨 공상 만화에서나 나올 법한 얘기네. 사람이 변신한다는 얘기야? 아니면 집 안에 지하 터널이 있거나 우주와 통하는 웜홀이 있다는 거야?"

제임스가 장난스럽게 말했지만 이내 심각해졌다.

"지미, 느낌 어때? 난 사건이 꼬여가는 것 같아."

"에릭 영 조사를 빨리 해보는 건 어떨까요?"

제임스 촉은 빗나간 적이 거의 없었다. 갇혀버린 느낌은 지미도 마찬가지였다.

"리암 선배님, 에릭 본부장 조사를 서둘러야 할 것 같은데요."

"저도 제임스 선배 말에 동의합니다. 경찰서에 불러서 조사할까요?"

두 명 얘기를 듣고만 있던 리암이 손을 가로저으며 말했다.

"안 돼! 그는 나름 기득권층이야. 여기로 오게 했다가는 경찰서장한테 전화 올 수도 있어."

"언제부터 경찰서장 눈치 봤다고 그러세요. 결혼하고 나서 너무 많이 변한 거 아니십니까?"

장난스럽게 말하는 제임스를 보며 지미가 두 팔을 번쩍 들었다.

"전 여자 친구도 없기 때문에 절대 변하지 않습니다."

"제가 여행사에 가보겠습니다. 지미는 에릭 집 주변에 잠복해 있는 게 좋을 것 같아. 힘들겠지만 웜홀을 통해 지구에 온 우주인 정체를 밝혀내야 하지 않을까?"

지미가 자리에서 벌떡 일어섰다.

"여부가 있겠습니까! 시켜만 주신다면 우주인을 잡아 UFO를 타고 경찰서에 데려오겠습니다. 아, 비행기는 자동차 면허로는 안 되는 거죠?"

하하하. 리암과 제임스가 웃었다. 이때 제임스 휴대폰으로 문자가 왔다. 제이미였다.

'제임스, 아직도 안 끝났어? 내가 고른 옷 사진으로 보냈어요. 확인해봐. 마음에 들지 않으면 다른 옷 사진도 보낼게.'

1_12

알람이 시끄럽게 울렸다. 손으로 치자 시계가 바닥으로 떨어졌다. 천천히 일어난 야니가 눈을 비볐다. 그는 오늘부터 일주일 휴가지만 여유를 부릴 수 없었다. 커피를 내리고 샤워실로 향했다. 시원한 물이 야니 온몸을 감쌌다. 샤워기 물을 한참 동안 맞으며 생각에 잠겼다. 리헤르를 만난다면 무엇을 먼저 말해야 할지 마땅한 생각이 떠오르지 않았기 때문이다. 살인 사건 유일한 목격자는 야니였다. 경찰도, 도톰보도 그 누구도 모르는 것이었다. 준비를 끝낸 야니가 집을 나와 정류장으로 향했다.

리헤르 집으로 가는 버스에 올랐다. 헤어지고 처음으로 그녀 집에 가는 것이었다. 예전 기억을 더듬어가며 야니가 창밖을 주시했다. 월마트 사거리를 지나서 내리면 되는 것이었다. 그가 버스에서 내리자 일본식 덮밥 가게가 보였다. 리헤르와 함께 종종 들린 곳이었다. 덮

밥 가게는 한산했다. 구석진 곳 테이블은 야니와 리헤르 지정석이었다. 좁았지만 몸을 맞대고 입맞춤하며 행복한 시간을 보낸 장소였다. 그 자리를 힐끔 쳐다보는 그가 쓸쓸한 표정으로 지나갔다.

오르막을 걷는 그의 숨소리가 거칠어졌다. 리헤르를 업고 올라간 기억이 떠올랐고 무겁다며 내려달라 했던 그녀 목소리가 들려오는 듯 그의 표정은 어두워졌다. 그녀 집이 보이기 시작했다. 입구에서 걸음을 멈춘 그가 한참을 서 있었다. 그녀가 집에 있다면 뭐라 말해야 할지 머릿속으로 상황을 그렸다. 701호를 입력한 야니가 망설이다 용기를 내어 벨을 눌렀다. 익숙한 벨소리였다. 기다렸지만 응답하는 사람이 없었다. 다시 한번 눌렀다.

"어떤 일로 왔어요? 701호는 우리 집인데."

깜짝 놀란 야니가 뒤돌아보았다. 장바구니 든 여성이 서 있었다. 단발 머리에 긴 원피스를 입고 있었다. 그는 리헤르 어머니라는 것을 한번에 알 수 있었다.

"처음 뵙겠습니다, 어머니."

"누구시죠?"

그가 머뭇머뭇하며 머리를 긁적였다. 어머니를 만날 줄은 전혀 예상하지 못했던 것이다. 어떻게 소개해야 할지 그의 머릿속은 하얗게 되었다.

"어…… 저기…… 저는 리헤르 남자친구, 아니 전 남자친구 야니 존스라고 합니다. 처음 인사 드립니다."

어색하게 인사를 하는 그에게 어머니가 반갑게 말했다.

"반가워요. 얘기 많이 들었어요. 전 리헤르 엄마예요. 우리 딸에게 그렇게 잘해주었다고."

의외의 반응에 그가 어쩔 줄 몰라 하며 얼굴이 빨개졌다. 물건이 많이 담긴 장바구니를 야니가 대신 들려고 했다.

"괜찮아요. 집 앞인데요. 우리 예쁜 딸 만나러 왔군요? 집까지 온 손님을 밖에 둘 순 없고 괜찮으면 같이 들어가요."

갑작스런 초대에 야니가 당황해했다.

"정말 들어가도…… 연락 없이 찾아와서 너무 죄송합니다. 그것도 리헤르와 헤어진 사람인데요."

말끝을 흐리는 그를 보며 어머니가 웃었다. 왜 찾아온 것인지 묻지 않았다. 화장기 없는 얼굴이었지만 정돈된 눈썹과 둥근 눈, 오뚝한 콧날, 리헤르와 함께 있는 착각이 들 만큼 어머니는 그녀와 닮아 있었다. 야니가 장바구니를 들고 어머니 뒤를 따라 엘리베이터에 탔다. 집 현관에 들어서자 예전과 바뀐 분위기에 그가 두리번거렸다. 리헤르와 어머니가 찍은 사진, 소파 위치, 양탄자 색깔도 바뀌어 있었다. 강아지가 그에게 다가가 꼬리를 흔들었다. 우디였다. 그것을 본 어머니가 활짝 웃었다.

"우디는 처음 본 사람에게 사납게 짖는데 좋아하는 걸 보니 초면은 아닌가 봐요. 호호."

야니가 어쩔 줄 몰라 했지만 우디는 계속 안아달라고 매달렸다.

"장바구니는 나에게 주고 잠시만 기다려요. 차 내어 올 테니까요."

부엌으로 어머니가 들어갔다. 소파에 앉은 야니가 우디를 쓰다듬자 변함없이 눈을 감고 좋아했다. 산책을 몇 번 다녀온 뒤로 야니와 우디는 친구가 되었던 것이다.

"야니 씨, 우리 리헤르와 왜 헤어졌어요?"

부엌에서 들려온 어머니 말에 그가 일어섰다.

"어머니, 못 들었습니다. 다시 말씀해주세요."

어머니가 쟁반에 차를 담아 오며 앉으라고 말했다.

"조금 전 하신 말씀이 들리지 않아서요. 뭐라고 하셨는지."

야니가 무릎 위에 손을 가지런히 모았다.

"내가 한 말요? 별거 아니에요. 젊은 사람 연애에 엄마가 간섭할 수 없는 일이니까."

어머니가 뜨거운 물을 찻잔에 부었다. 재스민 차였다. 야니는 리헤르가 했던 말을 떠올렸다.

'아빠가 좋아한 차가 재스민이야. 당신이 좋아하니까 아빠랑 있는 것 같아. 재스민 차 때문에 당신이 더 좋아졌어. 그러니까 자만하지 말고 나만 사랑해줘야 해. 알았지?'

"제 남편이 좋아하던 차예요. 우리 집에는 재스민 차만 있어요."

"저도 재스민 차 좋아합니다. 이 차만 먹습니다."

"알고 있어요. 리헤르가 아빠 닮아서 야니 씨 좋다고 그랬으니까."

어머니가 미소 지으며 말했다. 리헤르 아버지는 3년 전 돌아가셨다. 건설 현장에서 오랜 시간 일했고 이후 독립하여 작은 회사를 차렸다. 외동딸인 리헤르를 사랑했고 부인과 항상 함께하는 애처가였다.

"차가 식어요."

어머니가 찻잔을 야니에게 밀었다.

"감사합니다."

"리헤르가 말한 대로 인상이 너무 좋네요. 리헤르 아빠 젊은 날을 보는 것 같아요. 리헤르가 입버릇처럼 얘기했지만 믿지 않았어요. 설마 했는데 제 딸 눈이 정확하네요."

어머니가 야니 얼굴을 조목조목 보며 말했다.

"궁금해할 것 같아서 말하는 거에요. 리헤르는 요즘 집에 없어요. 나흘 전 저녁에 왔다가 다음 날 오전에 나간 뒤로 연락이 없어요."

어두워진 어머니 표정에 야니가 마시던 차를 내려 놓았다.

"우리 딸 방에 한번 가볼래요? 이미 온 적 있겠지만."

어머니가 리헤르 방으로 야니를 안내했다. 방에 들어선 그는 오랜만에 리헤르를 만난 것처럼 감격해했다.

"먼지가 좀 많네요. 리헤르는 당분간 돌아오지 않을 겁니다. 지금 본인이 하고 싶은 일을 하고 있을 테니까요. 끝나게 되면 분명 돌아와요. 내 딸을 누구보다도 잘 알고 있어요."

리헤르가 생각났는지 어머니 눈가가 촉촉해졌다. 남편이 죽고 옆에서 위로해주던 딸 부재에 어머니도 적적한 것이었다. 헤어지기 전 그녀 방은 둘만의 사진으로 가득했고 모든 시간을 사진으로 꾸며 놓았었다. 그는 '기억의 방'이라 불렀다. 그런데 지금은 사진 한 장 보이지 않았다.

"자. 이제 나갈까요?"

야니가 고개를 끄덕이며 방문을 닫았다. 거실로 나온 그가 인사했다.

"오늘 너무 감사했습니다. 처음 만나는 저에게 너무 감사합니다."

어머니가 야니 손을 꼭 잡았다.

"야니 존스 씨. 우리 딸은 아무에게나 마음 주고 하진 않아요. 이유는 모르겠지만 헤어졌다고 너무 상심하지 말기 바라요. 저는 딸을 믿어요. 그리고 야니 씨도 믿어요. 덕분에 오늘 남편을 만나는 것 같아 기분 좋았어요."

꼭 잡은 두 손이 떨어지자 야니 눈가가 젖어들었다.

"어머니 뵈면서 리헤르 만나고 있다는 착각이 들었습니다. 어리석은 생각이라 해도 좋습니다만 저는 여전히 리헤르 사랑합니다. 단 하루도 잊은 적 없습니다. 그녀가 너무 보고 싶습니다. 혹시 집에 돌아오게 되면 제가 사랑한다고 꼭 전해주십시오."

큰 눈물 한 방울이 야니 볼에서 뚝 떨어졌다. 어머니가 다가가 그를 안고 등을 쓰다듬었다. 야니가 소리 내어 울기 시작했다. 울음소리가 현관을 울렸다.

1_13

미로 여행사 1층 현관 앞에 제임스가 서 있었다. 떨떠름한 표정으로 건물을 올려다보았다.

"지구에 사는 우주인이라. 대화가 통할지 모르겠네."

건물 안으로 들어가자 안내 데스크 직원이 친절히 맞이했다. 형사 신분증을 보여주며 본부장 에릭 영을 만나러 왔다고 하자 엘리베이터로 그를 안내했다. 16층에 도착한 제임스가 지나가는 직원에게 본부장 사무실을 물었다.

"지미. 도착했어. 오후 3시니까 조사 끝나면 에릭이 집으로 곧장 갈 수도 있어. 끝나는 대로 전화할 테니까 준비하고 있어. 알았지? 리암 선배에게 내가 보고할 테니까. 본부장 집 주변 샅샅이 다 조사해 봐. 특히 노부부 꼭 만나서 자세하게 물어보고. 오래 살았으니까 누구보다 잘 알 거야."

전화를 끊은 제임스가 본부장 사무실을 향해 걸었다. 자동문이 열리고 여비서가 자리에서 일어났다. 본부장 방은 총 세 곳이었다. 비서가 안내한 사무실은 제1본부장이라고 적힌 곳이었다. 연락을 사전에 받은 에릭이 반가운 표정으로 나와 인사했다.

"제임스 형사님 되시죠? 반갑습니다. 저는 미로 여행사 본부장 에릭 영입니다. 오후에 오라고 해서 죄송합니다. 미팅이 조금 전까지도 있었어요."

에릭이 명함 지갑을 꺼냈다. 제임스가 뒷주머니에 있던 꾸깃꾸깃한 명함을 꺼냈다. 방안으로 들어가자 아로마 향이 제임스 후각을 자극했다. 단정한 옷차림, 빛나는 구두, 말끔하게 넘긴 머리. 에릭은 청바지와 잠바를 걸치고 온 제임스와 비교되었다. 둘은 동시에 소파에 앉았고 제임스가 먼저 말했다.

"제가 본부장님 찾아온 이유는 알고 계시죠?"

"네. 토미 대표에게 얘기 들었습니다. 호텔 채용에 있어서 제가 무리하게 부탁한 것이 문제 된 걸로 알고 있습니다."

여비서가 들어와 주스와 과자를 테이블 위에 올려놓자 에릭이 고맙다고 인사했다.

"소개했다는 두 명 신원을 알고 싶습니다."

직설적인 말투가 건방지다고 느낄 법도 했지만 에릭은 미소를 유지했다. 가볍게 웃으며 고개를 끄덕였다.

"저는 누구인지 모릅니다."

"모른다고요?"

제임스 시선은 에릭을 놓치지 않고 있었다. 에릭은 공손했고 부드러웠다.

"소개받은 사람이라 전혀 모릅니다."

"누구에게 소개를 받았다는 말이죠?"

"인력업체 대표로 있는 대학 후배 소개였습니다. 여기 전화번호 적어두었습니다. 경기가 어렵다는 후배 얘길 듣고 중간에서 다리 놓아준 것 밖에 없습니다. 일면식도 없는 그들을 제가 알 리 만무합니다."

에릭이 연락처가 적힌 메모지를 제임스에게 내밀었다. 메모지를 힐끔 보는 제임스 눈매가 날카롭다.

"채용 부탁은 꽤 오래전에 있었던 것으로 압니다만."

"그것은 호텔 사정에 따르겠다고 했죠. 채용할 때가 되면 해달라고 했어요. 1년이 지나 될 수도 있고 아니면 입사 자체가 안 되는 경우도 있으니까요."

에릭 답변은 빈틈없이 견고했다. 채용 시기와 절차는 전적으로 호텔 고유권한이기 때문에 입사 가능 여부는 아무도 알 수 없었다. 토미 총지배인 설명과 일치했다.

"제가 직접 올 필요가 없었네요. 간단하게 전화 인터뷰만 할 걸 그랬습니다. 적어주신 전화로 연락해서 본부장님 후배분과 만나보도록 하겠습니다. 바쁠 텐데 괜한 시간 뺏은 것 같아 죄송합니다."

억지 미소를 보이는 제임스를 바라보며 에릭이 소파에 기댔다.

"어차피 저를 만나러 올 계획 아니었습니까?"

둘은 가벼운 미소로 일관하고 있었지만 에릭의 빈틈없는 대응에 제임스가 답답함을 느끼고 있었다.

"사실 본부장님 만나 뵙고 인사하고 싶었습니다. 토미 대표도 본부장님하고 친하다고 했으니까요."

기싸움에서 밀리지 않으려 두 명 모두 무거운 얘기를 가볍게 주고 받고 있었다. 바둑에서 상대를 이기려 고민하는 기사처럼 여러 수를 내다보며 신중하게 한 수 한 수 두고 있었던 것이다. 제임스는 에릭이 어떤 사람인지 출생지부터 현재까지 행적을 모조리 조사했지만 문제될 것은 없어 보였다. 그가 자라온 곳도 직장을 잡고 일하는 곳도 이곳 마로히였다. 재산형성 과정에서 문제가 조금 있어 보였지만 원래 돈 많은 집안 사람이었다. 에릭 말대로라면 신입 두 명은 전혀 연관이 없는 것이었다. 그러나 제임스가 에릭을 여전히 의심하는 이유는 노부부 증언 때문이었다. 노부부 말이 맞다면 구린 곳이 분명 있을 것이라 판단하고 온 터였다.

"형사님께서 무슨 일로 이곳에 오셨는지 이해합니다. 제 소개로 호텔에 근무한 자들이 사건에 연루되어 있다는 것 자체만으로도 의심할 수 있다 생각합니다. 모두 행방불명이 되었다고 하더라고요. 저도 놀랐습니다. 그래서 후배에게 전화해서 물어보았죠."

거침없이 말하는 에릭을 보며 제임스 입이 삐죽 나왔다.

"인력회사로 찾아와 이력서 주고 간 사람들 중 호텔 근무를 원했던 사람을 추렸다고 했습니다. 또 나이와 경력을 보고 선택했다고 했습니다. 호텔에 잘 아는 사람이 있으니 제가 도움을 주겠다고 했으니까요."

물 흐르듯 자연스럽게 말하는 에릭은 대본을 들고 연기하고 있는 배우처럼 완벽했다.

"그래서 이력서 들고 호텔 인사 팀으로 찾아 갔습니다. 물론 잘못된 것도 있습니다. 정상적인 절차를 밟지 않고 밀어 넣었으니까요. 정말 죄송스럽죠. 단지 저는 후배를 돕고 싶었어요. 인간적인 관계를 무시할 수 없었던 마음이라고 생각해주시면 감사할 것 같습니다."

에릭이 주스를 마셨다. 말투, 태도, 음료를 마시는 모습은 여유로운 삶을 사는 보통의 50대 샐러리맨 모습이었다. 그가 이번 사건과 분명 연관 있다고 예상한 제임스였지만 할 말이 없는 듯 지켜보기만 했다.

"사양 말고 드십시오. 직접 갈아서 만든 오렌지 주스입니다. 좋아하지 않으세요?"

"네?"

오렌지 주스 좋아하는 걸 에릭이 조사했다고 생각한 제임스는 마뜩잖은 표정으로 변했다.

"하하. 오렌지 싫어하시면 안 드셔도 됩니다. 과일을 직접 갈아 만든 건 어떤 걸 먹어도 몸에 좋고 맛있으니까요. 다른 음료로 바꿔

드릴까요?"

"괜찮습니다."

제임스가 한입에 주스를 마시며 만만하게 볼 상대가 아님을 직감했다. 대화를 어떻게 끌고 가면 되는지 알고 있는 자였던 것이다. 제임스가 일어났다.

"오늘 시간 내어 주셔서 감사합니다."

에릭이 일어나서 정중하게 머리를 숙였다.

"아닙니다. 사건이 빨리 해결되었으면 좋겠습니다. 토미 대표도 사건 이후 예약 취소가 늘었다며 한숨입니다. 형사님 같은 분이 힘내서 일하셔야 저 같은 보통 사람이 마음 편히 일할 수 있으니까요. 앞으로 잘 부탁드립니다. 직접 찾아와주셔서 감사합니다."

제임스가 방문을 열자 앉아 있던 비서가 황급히 일어났다. 그의 뒤를 따라오던 에릭이 멀리 못 나간다고 하며 인사했다. 에릭 모습이 자동문에 반사되어 보였지만 제임스는 못 본 체하고 엘리베이터를 향해 걸어갔다.

"조사 지금 끝났어. 보통 놈이 아니야. 눈빛 하나 변하지 않더라고. 물론 예단할 수 없지만 자세한 얘기는 만나서 하자. 지금 집 주변에 있는 거지? 힘들겠지만 부탁해."

제임스가 전화를 끊고 건물 밖으로 나와 담배에 불을 붙였다. 담배 연기에 지나가는 행인이 인상을 쓰자 그가 건물 옆으로 돌아 들어갔다.

"처음부터 우주인을 이기는 지구인은 없잖아."

그가 한숨 쉬며 중얼거렸다. 그리고 노부부 증언을 떠올렸다.

'아침과 저녁에 보는 사람이 다르다. 아침에는 에릭이고 저녁에는 에릭이 아니다. 집에 사는 사람은 분명 에릭이다……. 정말 우주인인가.'

1_14

"하하하. 지구인 대표로 갔으면 이기고 돌아와야지. 이거 우주인 완승인걸."

리암이 재미있어 하며 크게 웃었다. 제임스가 어색하게 웃고 있지만 웃는 게 아니었다. 에릭에게 단서가 있을 것이라는 예상은 처참히 무너졌던 것이다.

"자자, 형사 직업이 다 그런 거 아니겠어? 인력업체 한다는 본부장 후배 조사하면 뭔가 나올 수도 있어."

격려하는 리암 말에도 제임스는 실망한 기색이 역력했다.

"결혼식 준비 잘 되어가?"

결혼식이란 말에 제임스가 반응했다.

"문제없이 잘 진행되고 있어요."

"제이미에게 잘해. 그 사람 너만 바라보고 있는 거 알잖아."

"잘하고 있어요. 걱정 마세요."

"제임스. 이제 좀 솔직해질까?"

리암은 소피아를 잊지 못하고 있는 제임스를 안타까워했다. 결혼 준비를 즐겁게 하지 못하는 것도 그녀 때문이라 생각했던 것이다. 숨긴 물건을 들킨 아이처럼 제임스가 당황해했다.

"제임스, 제이미 사랑해? 그것만 먼저 얘기해봐."

"당연히 사랑하죠. 사랑하지 않는데 어떻게 결혼하겠어요."

"사랑 없이 결혼하는 사람 세상에 많아."

제임스와 리암 사이에 어색한 기운이 감돌았다.

"제임스, 소피아 생각 계속 나지? 나도 알아."

"가끔 생각나죠. 그런데 저는……."

"내 말 끝까지 들어. 진지하게 말하는 거야."

리암은 제임스를 동생처럼 아꼈고 그가 사랑하는 이와 결혼하길 바라고 있었다.

"이런 식으로 결혼하면 너와 제이미 모두 불행해져. 물론 좋아하고 마음 편하고 다 좋아. 그러나 결혼 앞에서는 진지해야 해."

리암 조언을 듣는 제임스 눈빛이 흔들리기 시작했다.

"자신에게 물어봐. 무엇이 두려운지. 너 결정에 따라 주변 사람이 다칠 수도 있어. 제이미를 평생 행복하게 할 자신 있어? 아니 그 전에 너는 행복할 수 있을까?"

계속된 리암 얘기에 제임스가 담배를 꺼냈다.

"잘 들어. 본인 행복이 우선시되어야 해. 타인을 불행하게 하면서 행복하라는 말은 절대 아니야. 너 자신도 행복하지 않은데 어떻게 타인을 행복하게 해. 이건 드라마가 아니라 현실이야."

담뱃불을 붙인 제임스가 한곳만 응시하며 움직이지 않고 있었다.

"초등학교 때 수학 시험에서 만점 받은 적이 있었어. 내 인생 수학 만점은 그날이 처음이자 마지막이었지. 집으로 향하던 길이 얼마나 신나고 행복하던지. 가게 아줌마도 좋아 보이고 짖어대는 강아지도 좋았어. 횡단보도에 서서 기다리는 걸 싫어했던 내가 그 기다림조차 좋은 거야."

리암이 담배를 꺼내 불을 붙였다. 제임스를 바라보는 그는 진지했다.

"행복이 무엇인지 알려준 것은 훌륭한 자의 멋진 명언 따위가 아니었어. 수학 만점이 알려준 거지. 내가 행복해야 한다는 것이거든. 불행하다고 느껴지면 세상도 불행하게 보여. 행복은 나로부터 출발한다는 걸 잊지 마."

리암이 고개를 끄덕이는 제임스 어깨를 가볍게 쓰다듬었다.

"선배님. 말씀 감사해요. 행복이 무엇인지 더 고민해보겠습니다."

조금 밝아진 그를 보며 리암이 웃었다.

"지금 자네 행복은 우주인을 빨리 잡는 것이겠지? 하하."

"우주인? 그러고 보니 지미에게 전화하는 것을 깜박했습니다."

제임스가 급하게 휴대폰을 꺼냈다.

"아직 에릭 안 왔지? 그래, 곧 집으로 갈 거야. 노부부는 꼭 만나 봐야 해. 상황 종료되면 연락하고."

전화를 끊고 제임스가 말했다.

"자신이 행복하지 않고서는 타인을 행복하게 할 수 없다는 말씀 꼭 기억하겠습니다."

리암이 주먹으로 제임스 팔을 장난스럽게 쳤다. 제임스가 아픈 시늉을 하며 쓰러지자 지나가던 동료 형사가 웃었다.

1_15

노을이 붉게 물들었고 산은 서서히 검게 변했다. 별이 하나 둘 보이기 시작했다. 지미가 에릭 집 주변에 잠복해 있었다. 창문을 조금 열어두었지만 차 안 담배 연기를 완전히 빼기에는 역부족이었다. 재떨이에 꽁초가 수북했다. 에릭이 살고 있는 집은 이곳에서 가장 넓은 집이었다. 마당에는 이름 모를 여러 종류 나무가 심어져 있었고 큰 연못이 있었다. 뒤뜰에는 그물로 된 미니 골프 연습장이 있었다. 주차장은 공용 주차장을 이용했다.

지미가 에릭 집 주변 조사를 했지만 별다른 성과는 없었다. 노부부를 만나려 했지만 시내에 살고 있는 아들 집에 갔다고 주민이 말했다. 마을 초입에 있는 작은 술집에 갔지만 그에 대해 아는 것이 없었다. 시내에서 떨어진 한적한 마을이라 조용했고 지나가는 행인은 많지 않았다. 시내로 가는 버스가 많았기 때문에 생활하는 데 불편함

없는 마을이었다.

지미가 소피아에게 문자 했지만 답장은 없었다. 그녀는 제임스만 바라보고 있는 것이었다.

"결혼을 앞둔 남자에게 매달리는 여자 심리는 대체 뭘까. 이유를 모르겠단 말이지. 후……."

지미 한숨에 담배 연기가 좁은 차 안에 회오리쳤다. 소피아와 연애를 하려면 현재 모습으로 안 된다 생각했다. 쉬는 날엔 바다에서 운동하고 집에서 드라마 보며 울먹이는 남자를 좋아할 여잔 없다며 그는 자책했다.

마을 입구로 들어오는 차 불빛이 보이자 그가 몸을 잔뜩 웅크렸다. 피곤한 눈을 비비며 백미러를 보았다. 차량 한 대가 천천히 지미를 향해 다가 오고 있었다. 미끼 문 것을 본 낚시꾼처럼 재빨리 피우던 담배를 껐다. 차는 노부부가 살고 있는 집 앞 주차장에 섰다. 시동이 꺼지고 한 남자가 내렸다. 지미가 최대한 몸을 낮추고 움직임을 관찰했다. 키가 커 보이지 않은 남자가 가방을 들고 서있었다. 주차장 가로등에 비친 남자는 에릭 영이었다. 지미가 제임스에게 문자를 하려 했지만 휴대폰 빛이 너무 강하여 포기했다.

에릭이 집으로 걷기 시작했다. 그때 한 남자가 불쑥 나타났다. 에릭이 뒤로 주춤했지만 이내 얘기 나누었고 그 남자가 고개를 숙였다. 남자를 안아주는 에릭을 지미가 카메라로 찍었다. 잠시 후 에릭은 집으로 들어 갔고 고개 숙인 남자는 옆 골목으로 사라졌다. 지미가 시동을 걸고 남자가 사라진 방향으로 천천히 차를 몰았다. 시원한 저녁 바람에 산책하는 주민이 꽤 있었다. 조금 어두웠지만 남자 모습은 확연히 구분되었다. 구부정하게 바닥을 보며 걸어가고 있었기 때문이다. 남자는 버스 정류장으로 향했고 이를 지켜 보던 지미가 전화했다.

"선배, 어떤 남자가 에릭을 만나러 왔는데요. 무슨 얘기를 하고 나서 지금 버스 기다리고 있습니다."

"에릭은 어떻게 되었어?"

"집으로 들어가는 걸 확인했습니다."

"잘했어. 남자는 뭘 하러 온 거야?"

"에릭이 좀 놀란 것으로 볼 때 약속 없이 온 듯 보였습니다. 에릭이 포옹까지 했어요."

"잘했어. 끝까지 따라가 봐. 어쩌면 이번 사망자와 함께 일했던 사람일 수 있어. 들키지 않게 미행 잘하고. 늦게까지 일 시켜서 미안해. 수일 내에 맥주 한잔하자. 끝나면 연락 줘. 안 자고 기다리고 있을 테니까."

"알겠습니다."

지미가 밝은 표정으로 전화를 끊었다. 제임스는 후배에게 강압적으로 말하거나 지시를 한 적이 한번도 없었다. 작은 일에도 칭찬을 아끼지 않았다. 문제가 발생하면 후배를 보호했고 자신이 책임지려 했다.

'친절하고 일도 잘하고 얼굴도 잘생기고 후배 잘 챙기고 좋아해

주는 여잔 둘씩이나 있고 부럽다 부러워.'

지미가 창문을 활짝 열었다. 담배 연기와 냄새가 한꺼번에 빠져 나갔다. 상쾌한 바람이 지미 몸을 소독하는 듯 휘감았다. 이미 몇 대의 버스가 지난 간 후였지만 남자는 정류장에 앉아 있었다. 잠시 후 버스가 도착했다. 남자는 고개 숙인 채 버스에 올랐고 지미가 천천히 액셀을 밟았다.

1_16

야니가 한 시간째 누군가 기다리고 있었다. 도톰보에게 전화했지만 통화할 수 없었다. 그란시나가 죽은 이후 그는 정상이 아닌 시간을 보냈다. 그녀가 죽었다고 경찰에 말할 수 없는 노릇이었다. 그렇게 되면 리헤르가 살인범으로 잡히게 될 것임은 분명했다. 그녀에게 직접 물어보지 않고서는 어떤 행동도 할 수 없었다. 살인을 저지른 것은 처벌받아 마땅하지만 그녀가 왜 살인을 했는지 직접 묻고 싶었던 것이다. 분명 그녀를 도와줄 일이 있을 것이라 야니는 믿었다. 멀리 마을 입구에서 한 대의 차량이 그를 향해 다가오고 있었다. 주차장에 도착했고 시동이 꺼졌다. 내린 사람을 확인한 야니가 천천히 걸어갔다.

"에릭, 저에요."

"깜짝이야. 야니,"

에릭이 깜짝 놀라 뒷걸음 쳤지만 야니인 것을 알고 안심한 듯 한숨을 쉬었다. 초췌한 야니 얼굴을 보며 에릭이 말했다.

"야니, 나도 그란시나 죽음이 너무 슬퍼."

"왜 이렇게 된 것인지 너무 혼란스럽습니다."

야니가 고개를 숙이며 눈물을 쏟았다. 에릭이 다가가 야니를 안았다. 등을 토닥이며 위로했지만 그의 눈물은 멈추지 않았다. 에릭도 눈물을 보였다. 에릭이 야니 어깨를 잡고 말했다.

"어차피 일어난 일이니까 인정하고 받아들이자. 야니 너는 휴가잖아. 당분간 푹 쉬어. 경험 많은 나도 이렇게 힘든데 당신은 오죽 하겠어. 첫 코메디토에서 사고가 났으니 얼마나 힘들지 나도 상상이 안 가."

"제가 휴가인 건 어떻게 아셨어요."

눈물 콧물 범벅인 야니가 고개를 들었다.

"쿡앤 기획팀에 전화했어. 휴가라고 하더라."

"회사에 직접 연락하는 건 미야쇼 규칙 위반 아닌가요?"

"위급 상황이니까 네가 궁금해서 회사로 전화한 거야. 오해 말아."

에릭이 지갑에서 돈을 꺼내 주려고 하자 야니가 뒤로 물러섰다.

"필요 없어요. 돈 따위."

"이건 내가 주는 돈이야. 그냥 받아둬. 쓸 일이 있을 거야. 돈 많이 벌어야 고향에 있는 어머니와 아들에게 도움이 되지 않겠어? 그러니 받아. 응?"

"아닙니다. 돈 받으러 온 거 아닙니다."

아들 얘기에 야니 얼굴이 경직되었다. 눈물 닦으며 에릭을 똑바로 쳐다보는 그의 눈빛은 조금 전과 달라져 있었다.

"야니, 조만간 미야쇼 일을 다시 시작하게 되면 돈을……."

"저 미야쇼 그만두려고요. 돈 그만 벌어도 됩니다. 사람이 죽었는데 기껏 돈이 무슨 의미가 있어요? 소소하게 직장 다니면서 조금씩 벌어도 됩니다. 미야쇼 그만하겠다 말하려 온 겁니다."

조용히 말했지만 확고한 말투였다. 에릭이 야니 어깨를 꽉 잡았다.

"야니, 그만두고 나서 뭘 어떻게 하겠다는 거야? 다른 사람에게 말하려 하는 거야? 그란시나 죽었다고 말할 거야? 설마 경찰서 가려고? 어차피 아무도 믿어 주지 않아. 다른 사람 모습으로 이런저런 일을 했다고 백날 얘기해봐. 미친 사람 취급 받을 거야. 벌어둔 돈 전부 빼앗길 수 있어. 나도 미야쇼 돈이 어디서 나오는지 출처조차 몰라. 바보 같은 소리 집어치우고 그냥 미야쇼 일 해. 알았어?"

"제가 어디에 얘기한다고 자꾸 그러세요. 왜 넘겨짚으세요?"

"네가 그만두겠다는 것 자체가 마음에 들지 않아. 어린애처럼 왜 이러는지 모르겠어. 나는 기분 좋아서 계속 일하려는 것 같아?"

주변을 살피며 조용히 말하며 에릭은 안절부절못했다. 야니 볼은 눈물 자국이 선명했다. 헝클어진 머리와 울어서 부은 눈을 보며 에릭이 야니 팔을 가볍게 잡았다. 흥분했던 모습을 가라앉히고 다정하게 말했다.

"힘내자. 네가 힘든 거 너무 잘 알고 있어. 여기 너무 오래 있어도 좋지 않아. 경찰이 주변에 있을 수 있어. 우리가 같이 있는 건 누가 봐서도 안 돼. 들어갈 테니까 조심해서 돌아가. 또 연락하자. 미야쇼 그만둔다는 건 못 들은 걸로 할게."

주변을 두리번거리며 에릭이 집으로 들어갔다. 한동안 에릭 집을 쳐다보던 야니가 왔던 길로 되돌아 걷기 시작했다. 그란시나 생각에 슬펐고 그녀 죽음을 이대로 묻고 넘어갈 수 없었다. 경찰에 자수하기 전 꼭 리헤르를 만나야 한다고 마음먹었다. 정류장을 향해 걷던 그가 별을 쳐다보았다.

그란시나는 죽었고 리헤르가 살인범이다.

1_17

아침 일찍 리암이 형사과에 출근해 있었다. 수사 진행상황을 확인하기 위해서였다. 그는 제임스가 기록한 업무일지를 읽었다. 사망자 제라드 스미스 주변 인물 조사를 지시했는데 아직 결과가 없었다. 제임스가 사무실로 뛰어들어왔다. 리암 연락을 받고 서둘러 온 것이었다. 그가 가쁜 숨을 몰아 쉬며 말했다.

"선배님. 아침 일찍부터 무슨 일이세요?"

리암이 초콜릿을 입에 넣고 우걱우걱 씹었다.

"사망자 주변인 조사가 아직 되지 않았네."

"네. 파악하고 있습니다. 3년 전 수배된 시점을 중심으로 조사하고 있습니다. 횡령한 금액도 크지만 투자 사기로 꽤 많은 사람들이 당했더라구요."

"원래 사기라는 것이 그런 거야. 처음에는 잘 보이지 않아. 흩어진 조각이 점점 모양을 갖추게 되면서 알게 되는 법이지. 우리 일도 마찬가지야. 여러 조각이 합쳐지면서 서서히 범인의 윤곽이 나오잖아."

동료 형사가 다가와 커피 두 잔을 건넸다. 리암이 고맙다고 하며 한 잔을 제임스에게 주었다.

"담배 한 대 피우러 가실까요?"

"그러자."

밖으로 나온 리암이 기지개를 켜고 하품을 했다.

"선배님, 요즘 운동하세요? 예전과 몸이 많이 달라진 것 같습니다. 하하."

"운동? 말도 마. 집에서 애들과 놀아야지 마누라 눈치 봐야지. 나는 25년 경력 베테랑 형사가 아니야. 한낱 마누라 눈치 보는 힘없는 남편일 뿐이야."

리암이 담배를 문 채로 허리를 움직여가며 몸을 풀었다.

"소피아 얘기 심각하게 고민하지 마. 나를 사랑해주는 사람이냐 내가 사랑하는 사람이냐. 사실 답은 없어. 제이미를 택하든 소피아를 택하든 그것은 자네 판단이니까."

리암 입과 코에서 담배 연기가 수증기처럼 뿜어져 나왔다.

"어떤 선택이든 결과가 좋았으면 해. 내 말은 참고만 하고."

제임스가 고개를 가로저었다.

"선배님 말씀 도움 되었습니다. 행복하기 위해 어떤 선택을 해야 할지 진지하게 고민하겠습니다."

"책임 안 지려고 뒤로 빠지는 건 절대 아니야. 알지?"

"하하. 걱정하지 마십시오."

경찰서 정문을 지나 빠른 걸음으로 출근하는 지미를 본 리암이 피식하며 웃었다. 늦은 시간까지 잠복한 터라 늦게 나오라 했지만 그는 정시에 출근하고 있었다.

"어이 막내! 분명 늦게 나오라고 했는데 지시사항 어기는 이유가 뭐지?"

멀리서 반가운 표정을 한 지미가 흡연 부스를 향해 뛰어갔다. 리암과 제임스가 동시에 웃으며 혀를 찼다.

"지미, 어제 고생 많았어. 덕분에 수사가 탄력받을 것 같아."

"아닙니다. 저는 제임스 선배 지시한 대로 움직였을 뿐입니다. 보고 드린 대로 그 남자가 살고 있는 집까지 미행했는데요. 에릭과 다르게 빈민가에 살고 있더라구요. 오르막을 꽤 올라가야 하는 곳이었는데요. 거기가 어디였더라……."

"토로네?"

리암 눈이 커졌다.

"토로네 맞습니다. 마을에서 좀 더 올라가야 했고요. 그 남자 주소 확인 후 정보 요청해두었습니다. 지금 들어가서 파악하고 보고 드리겠습니다."

리암이 담배를 깊게 들이마시고 뿜자 부스 안에 연기로 가득 찼다.

"토로네라. 형사 일 막 시작했을 무렵 거기에 잠시 살았었지. 난 그곳 지리를 잘 알고 있거든. 그 동네 오르막은 에베레스트 올라가는 느낌이 들 정도로 높아."

"말씀 중에 죄송합니다. 저는 먼저 들어가서 어제 있었던 일 정리하겠습니다."

지미가 사무실로 가려 하자 제임스가 막아섰다. 담배 하나를 꺼내 지미 입에 물렸다.

"지미 형사님, 여유 갖고 일합시다. 다른 사람과 경쟁하는 것도 아닌데 혼자 열심히 하면 우린 뭐죠? 여기 있는 선배들은 일 안 하는 사람인가요? 지미, 한 박자 쉬었다가 가. 너무 달려 들어도 안 돼."

"지미 보면 제임스 자네 신참일 때 생각나. 당신이나 지미나 똑같아."

리암이 담배를 끄고 부스를 나섰다.

"이게 다 선배한테 배운 겁니다."

제임스 말에 걸어가던 리암이 시끄럽다는 듯 귀를 막았다.

"지미, 고생 많았어. 호텔 주변 CCTV결과 나왔어? 호텔 출입 명단과 차량 대조 작업이 끝났나 모르겠다."

"오늘 중으로 나옵니다. 제가 듣기로는 차 한 대가 감쪽같이 사라졌다고 하더라구요. 이동 동선도 맞지 않고 해서 확인했더니 도난 차량이었습니다. 그리고 호텔로 온 버스는 문제가 없었습니다. 택시는 아직 조사 중인데요. 택시가 워낙 많아서 시간이 좀 걸리고 있습니다."

"도난 차량은 아마 신입 두 녀석이 타고 온 차일 거야. 호텔 직원, 방문 고객 모두 이동 동선이 딱딱 들어맞고 있는데 두 명만 행적이 묘연해. 택시 조사에서 뭔가 나올 수도 있어. 아무튼 이번 녀석들 보통이 아니야."

"에릭에 대해서 어떻게 생각하세요?"

"에릭? 그 우주인은 이번 사건과 무관하지 않아. 분명 사건 중심에 있는 인물이야. 노부부 증언이 이번 사건을 풀어줄 유일한 열쇠일지 몰라. 아침 얼굴 말이야."

1_18

마로히 역 앞에는 대형 가구 매장이 있었다. 조이체어스라는 브랜드였다. 가구 업계는 유명하고 대량 생산이 가능한 회사가 득세했다. 그러나 조이체어스는 마로히 지역에서 오랜 시간 건재함을 과시하고 있었다. 초창기에는 의자로 이름을 알렸고 현재는 침대, 소파 등 가구 전체로 확대하여 판매하고 있었다.

조이체어스에서 일하는 제이미 톰슨은 쉬는 날이지만 회사에 출근해 있었다. 곧 있을 결혼 준비를 위해서였다. 그녀는 고객이 무엇을 원하는지 잘 파악했기 때문에 매니저로서 이름이 나 있었다. 그런데 정작 자신이 쓸 가구에 대해서는 너무 신중한 탓인지 시간이 오래 걸렸다. 평일이라 고객은 많지 않았고 다른 매니저도 출근해 있었기 때문에 여유롭게 가구를 살펴보고 있었다. 물론 회사 대표 딸에게 눈치 주는 직원은 없었다.

H열 라인에서 고객 호출이 왔다. 매장이 크다 보니 직원 모두 이어폰을 낀 채 일했다. 매장은 알파벳 순으로 구분하고 고객 호출에 따라 유기적으로 대응했다. 무전을 들은 제이미가 빠른 걸음으로 이동해 도착하자 한 여성이 소파를 고르고 있었다. 한눈에 봐도 미인임 알 수 있었다. 황금색 긴 머리에 원피스를 입은 그녀에게 제이미가 말했다.

"감사합니다, 고객님. 조이체어스입니다. 궁금한 것이 있으시면 제가 안내해드릴 테니 말씀해주십시오."

여성은 제이미를 쳐다보지 않고 말했다.

"2인용 소파는 여기에 있는 것이 전부인가요?"

"네. 이곳은 1인용에서 2인용까지 진열되어 있습니다. 한 블록 더 가시면 3인용 소파가 있고요. 물론 3인용이라고 해서 2인용보다 너무 크거나 하진 않습니다. 2인용을 사러 오셨다가 3인용 사시는 분도 계십니다. 사람마다 몸집이 다르기 때문에……."

"2인용 소파 사러 왔다니까 왜 3인용을 권하는지 모르겠군요."

퉁명스럽게 쏘아 붙이는 여성에게 제이미가 곧바로 사과했다.

"고객님, 죄송합니다. 말씀드린 대로 2인용 소파는 이곳에 진열되어 있는 것이 전부입니다. 혹시 원하시는 색상이나 디자인이 있으시면 말씀해주세요. 10일 정도 걸리지만 고객님이 직접 설계한 소파도 만들어드릴 수 있습니다."

"제가 그것도 모르고 지금 여기에 왔다고 생각하세요?"

그녀 말은 틀리지 않았다. 진열된 가구 이외에 고객 스스로 디자인과 색깔을 의뢰하면 만들어주었다. 이것이 조이체어스 핵심 상품이었다. 마로히에 살고 있다면 보를 리 없었다.

"고객님, 기분 나쁘셨다면 죄송합니다."

제이미 사과에도 그녀는 대꾸하지 않았고 여전히 쳐다보지 않고 있었다. 제이미는 이런 고객이 익숙한 듯 미소를 잃지 않고 몇 걸음 떨어진 곳으로 물러났다.

"제이미 톰슨씨 맞죠?"

갑작스런 그녀 물음에 제이미 눈이 커졌다.

"네, 맞습니다. 실례지만 누구신지……"

"처음 뵙겠습니다. 소피아 조던입니다. 제 이름 많이 들어보셨죠?"

그녀 이름을 들은 제이미 심장이 뛰기 시작했다. 제임스와 처음 만나던 날부터 들어온 이름이 바로 소피아였던 것이다. 제임스가 사랑했고 힘들어했고 헤어지고 나서도 잊지 못하는 그녀였다. 제이미는 한 번도 만난 적 없는 그녀에 대한 질투심이 TV 위 먼지처럼 조금씩 시커멓게 쌓여왔었다. 소피아라는 유령과 지금까지 경쟁해왔던 것이다. 그 유령이 지금 제이미 앞에 서 있었다.

"가구도 고를 겸 가볍게 이야기나 할까 하고 찾아온 거예요."

"응접실로 가시죠."

제이미가 매장 구석진 곳으로 소피아를 안내했다. 제이미는 그녀가 무슨 일 때문에 찾아온 건지 머릿속이 복잡해지기 시작했다.

"차는 어떤 걸로 하시겠어요?"

"직접 갈아놓은 오렌지 주스 있어요?"

"네?"

소피아는 제임스가 좋아하는 오렌지 주스를 원하고 있었다. 당황해하는 제이미를 보며 그녀가 피식 웃었다.

"호호. 놀라시지 마세요. 농담한 거예요. 여기에 오렌지 주스 갈아놓은 게 있을 리 없죠."

막상 제이미가 냉장고를 열어 꺼낸 것은 오렌지 주스였다. 유리잔에 담아 소피아 앞에 가져다놓았다.

"제가 아침에 직접 갈아서 가지고 왔어요. 아버지 농장에서 직접 재배한 오렌지이기 때문에 정말 신선합니다."

제이미는 출근할 때마다 오렌지 주스를 준비했다. 자신이 마실 때도 있었지만 가끔 매장에 오는 제임스를 위해 항상 준비를 해왔던 것이다. 남편 될 사람을 위해 매일 아침 주스를 준비했지만 그가 찾아와 먹는 날은 한 달에 고작 두어 번뿐이었다. 소피아가 주스를 마시며 어색하게 웃었다. 그녀는 연애기간 내내 한 번도 주스를 준비해간 적이 없었다. 제이미와 소피아가 마주보며 앉았지만 누구도 먼저 말하지 않았다. 어색한 공기가 응접실에 가득 찼다.

"주스 맛있어요. 역시 직접 재배해서 그런지 신선하군요."

"오늘 여기에 찾아온 이유를 말해주세요."

소피아가 주도했던 분위기가 제이미 쪽으로 흘러갔다. 소피아는 제임스와 결혼은 안 된다고 얘기하러 온 것이었다. 제이미가 흐트러짐 없는 태도로 말했다.

"제임스 때문에 할 얘기가 있어서 찾아오신 것 아닌가요?"

제이미가 제임스 이름을 꺼내자 소피아 눈빛이 흔들렸다.

"소피아 씨, 저는 결혼을 앞두고 있습니다. 제임스 얘기가 아니라면 어떤 말도 들어줄 순 있어요. 그러나 그 사람 얘기라면 자리에서 일어나고 싶습니다. 제가 말하는 의미를 알아주었으면 합니다."

제이미는 제임스를 뺏기지 않기 위해 공손하게 소피아를 공격했다. 그를 건드리면 가만히 있지 않겠다는 자세였다. 예의 바르고 강한 모습의 제이미에게 압도되어버린 소피아는 침묵했다. 사랑을 지키려하는 제이미를 보며 그녀는 할 말이 없어졌다.

"제이미 씨에게 결혼 축하 인사하려고 왔어요. 과거 기억이 현재를 흔들어 미래를 망칠 수 없잖아요. 제임스가 제이미 씨를 늘 자랑했어요. 어떤 여성과 결혼하길래 저렇게 좋아할까. 그래서 직접 만나보고 싶었어요. 주스 맛있게 마셨습니다. 다음에 1인용 소파를 사러 올 테니까 기억해두었다가 안내해주세요."

소피아가 일어섰다. 결혼을 반대하며 부정적인 말을 쏟아낼 것으로 예상한 제이미가 얼떨떨한 표정으로 일어섰다. 매장을 나가는 소피아에게 제이미가 인사하자 그녀도 돌아서서 인사했다. 사랑을 앞에 두고 벌인 신경전은 경기 포기를 선택한 소피아 패배로 끝이 났다.

1_19

"지미. 이쪽으로 와봐."

제임스가 노트북을 가리키며 말했다. 서류를 정리하던 지미가 다가갔다. 에릭과 만난 남성 신원이 나와 있었다.

- 야니 존스. 38세. 식품회사 쿡앤 기획팀 근무. 토로네 1108번지. 아들 있음. 현재 어머니가 양육 중.

"정보과에서 넘겨준 자료가 더 많아. 이번 사건과 관련이 있는지 모르겠지만 에릭과 접촉했다는 것만으로도 충분히 가능성 있어."

"쿡앤 식품회사는 유명한 회사잖아요. 친한 녀석이 쿡앤 영업팀에서 일하고 있거든요. 건너건너 확인하면 어떤 사람인지 알 수 있을 겁니다."

제임스가 밖으로 나가자고 신호하자 서류를 캐비닛에 대충 밀어 넣은 지미가 따라나섰다. 제임스가 캔 커피를 따서 지미에게 건넸다.

"선배. 이곳에 책상을 가져다놓는 게 업무 효율은 높겠습니다. 하하."

"맨날 커피, 담배. 이러다가 탈 나겠어. 사건 해결이 빨리 되면 한숨 돌리겠는데 말이야. 언제까지 내 몸이 버텨줄지 모르겠다. 리암 선배는 결혼하고 나서 담배 많이 줄었지, 아마."

"선배도 이제 곧 결혼하니까 제 입장에서는 부럽습니다."

"부러울 일도 많다. 결혼이라고 다 좋은 건 아니거든."

"선배처럼 잘 생기고 매너 좋고 했으면 이미 결혼하고도 남았겠죠. 하하."

씁쓸한 표정으로 지미가 웃었다. 제임스는 그의 마음을 알고 있었다.

"인연은 다 있더라. 무조건 덤빈다고 해서 되는 건 아냐. 신께서 점지해주는데 그때까지 자신을 가꾸며 때를 기다려야 하는 게 아닌가 싶어."

"동의해요. 무조건 좋아한다고 해서 인연이 만들어지진 않더라고요. 저는 타이밍이 인연을 만든다고 생각해요. 배 고플 때 누가 밥을 사거나 외로울 때 연락이 오면 인연이 만들어지는 것이죠. 나는 언제쯤 인연이 찾아 올려나……."

한숨 쉬는 지미 배를 제임스가 장난스럽게 찔렀다.

"너도 곧 인연이 찾아온다니까."

제임스가 수첩을 꺼내 메모한 내용을 살펴보았다.

"오늘부터 야니 존스 주목해야 해. 누구와 만나는지 그리고 어디에 가는지 뒤 밟아봐. 야니 집 앞에 누가 잠복하고 있지?"

"루나가 나가 있습니다."

"루나 테일러? 오호, 이젠 잠복도 하는구나. 일 힘들다고 다른 과 전보 신청하더니 포기했어? 에릭 집에는 에단이 가 있나?"

"네. 그리고 루나 말인데요. 처음엔 조금 힘들어했지만 지금은 열심히 하나하나 배우고 있으니까 걱정하지 않아도 될 것 같습니다."

"지미가 할 일이 너무 많아. 사건 해결해야지. 여자 동기 상담도 해야 해. 바다에서 훨훨 날아다녀. 드라마 보면서 울어. 대체 당신이 못하는 게 뭐야? 하하."

지미 얼굴이 빨개졌다.

"실시간 보고 하라고 해. 상황 발생하면 바로 출동할 수 있도록 하자. 너는 택시 확인해보고."

"택시 조사 끝났습니다. 승객 확인 안 된 택시가 두 대 있었어요. 오늘 택시 회사에 간다고 연락해두었습니다."

"빨리 진행하자고. 네가 말했듯 타이밍이 중요하니까."

"저는 택시 회사로 지금 출발하겠습니다."

제임스와 지미가 흡연 부스를 나왔다. 형사과로 가던 제임스에게 전화가 왔다.

"선배님, 정보과 헨리입니다."

"그래. 바쁜데 맨날 부탁만 해서 미안해. 확인해봤어?"

"네. 사망자 제라드 스미스 사기에 당한 사람은 50명이 좀 넘어요. 모두 단체 소송을 했는데 한 명만 참여하지 않았어요. 그 사람 사기 당하고 며칠 후 자살했더라고요. 신원은 이미 파악해 두었고요. 선배님 책상 위에 출력해두었습니다. 사기 피해자 50여 명 명단은 메일로 보냈으니까 참고하세요."

"고마워. 시간 되면 나랑 밥이라도 먹자. 수고."

제임스 발걸음이 빨라졌다. 사무실에 도착한 그가 책상 위 서류를 들었다.

– 사망자: 윌리엄 킴. 올리헤르 건설회사 대표. 사기 피해 후 집에서 자살

– 사기 금액: 50만 달러

– 가족관계: 부인과 딸(부인: 올리비아 킴, 딸: 리헤르 킴)

1_20

지미가 택시 회사에 도착했다. M.C 택시는 한국계 이민자가 만든 30년 넘은 오래된 회사였다. 마로히에 살고 있는 사람이라면 한 번은 타봤을 유명한 택시 회사였다. 주차되어 있는 택시 틈을 비집고 나온 지미가 정문을 향해 걸어갔다. 회사 명성에 비해 건물은 커 보이지 않았다. 현관에는 동양계로 보이는 남자가 나와 있었다.

"지미 헨더슨 형사님 되시죠? 저는 M.C 택시 대표 이민철이라고 합니다."

"이렇게 마중 나와주시고 감사합니다. 지미 헨더슨 형사입니다."

M.C 택시는 이민자 1세인 아버지를 이어 아들 이민철 대표가 회사를 운영하고 있었다. 과거 M.C 택시는 지역사회를 위한 행사 참여가 많았고 그 공로가 인정되어 상을 받기도 했었다. 그러나 아들이 경영한 뒤로 지역 행사는 고사하고 회사 복지가 줄어들었고 직원 불

만은 커지고 있었다. 임금체불 문제도 그중 하나였던 것이다. 뻣뻣한 직원 표정에서 예전 기업 이미지는 찾아 보기 힘들었다. 지미가 안내를 받으며 2층 응접실로 향했다. 김이 모락모락 나는 커피를 본 지미가 멋쩍게 웃었다. 오전에만 커피를 세 잔 마셨기 때문이다.

"형사님, 이렇게 직접 방문해주시고 감사합니다. 말씀하신 기사 두 명은 대기하고 있습니다. 호텔 사건이 빨리 해결이 될 수 있도록 최대한 협조하겠습니다."

"감사합니다. 기사님 두 분을 지금 만날 수 있나요?"

"당연하죠. 잠시만 기다리세요."

이민철 대표가 손짓하자 비서로 보이는 여성이 어디론가 전화했다. 잠시 후 기사 두 명이 응접실에 들어왔다. 지미 아버지뻘의 남성과 젊은 남성이었다.

"가벼운 조사이니 긴장하지 마십시오. 이쪽으로 앉으세요."

부드러운 지미 말투에도 두 명의 기사는 긴장한 얼굴을 풀지 않고 있었다.

"형사님이 긴장하지 말라고 하니까 편하게 하세요. 알고 있는 대로만 말하면 되는 거니까. 협조 잘해야 우리 회사에도 좋은 거예요."

친절하게 말하는 대표 말에도 여전히 두 명의 표정은 어두웠다. 이들이 사전에 어떤 얘기를 들었는지 지미는 알 수 없었다. 그러나 이런 분위기에서는 조사가 어렵다고 판단한 지미가 말했다.

"대표님은 잠시 나가주면 감사하겠습니다."

"네? 제가요? 저도 함께 있고 싶습니다만."

"아닙니다. 개인적인 문제도 있기 때문에 대표님이 나가 주셔야 조사를 시작할 수 있습니다. 협조 부탁드리겠습니다."

정중한 지미 말에 대표가 어색하게 웃으며 일어섰다.

"형사님 잘 따르고 묻는 말에 잘 대답하세요. 기억나는 것이 있으면 다 말해야 해요. 알았죠?"

지미가 여성을 향해서 공손한 손짓으로 나가 달라고 하자 대표와 함께 밖으로 나갔다. 지미가 커피를 앞으로 밀며 말했다.

"죄송합니다. 저는 커피를 많이 먹었습니다. 드십시오."

"저는 잠을 못 자서 커피는 먹지 않습니다. 자네가 먹어."

흰머리가 희끗희끗한 기사 가슴에는 '듀란트_J', 젊은 기사는 '폴_H'라는 이름표가 붙어 있었다. 듀란트가 폴에게 커피를 주었다. 대표가 나갔지만 이들 표정은 여전히 어두웠다.

"얘긴 들었죠? 그 사건에 있어 두 분 증언이 중요합니다. 호텔에 내려준 승객 기억하나요?"

어색한 침묵이 감돌았다. 커피를 마시는 폴은 한곳만 뚫어져라 보고 있었고 듀란트는 생각에 잠긴 듯 두 손을 모으고 있었다.

"대표님을 밖으로 나가게 해주셔서 감사합니다."

듀란트 이마의 큰 주름이 지미 눈에 띄었다. 폴은 지미를 바라보며 감사한 듯 가벼운 눈 맞춤으로 인사를 대신했다. 듀란트가 말했다.

"어제 오후부터 일하지 못했습니다. 경찰 조사가 끝나면 일하러 가라고 해서요. 빨리 끝내고 일하러 가고 싶습니다."

"월급제 아닌가요? 제가 택시 임금체계를 잘 몰라서 말씀 드리는 겁니다"

듀란트가 옆에 앉아 있는 폴 어깨에 손을 올렸다.

"이 친구는 월급제가 맞습니다. 젊으니까요. 저는 기본 월급이 있습니다만 상당히 적습니다. 하루 일한 만큼 일당 형태로 매일 받아간다고 보면 됩니다."

말할 때마다 보이는 듀란트의 이마 주름은 크고 깊게 패여 있었다.

"택시 한 지는 얼마 되었죠?"

"저는 고작 1년 정도입니다. 유통회사 다니다가 정년퇴임을 했는데요. 집사람 건강이 좋지 않아 다시 일하러 나오게 되었습니다. 허허."

어색하게 웃는 듀란트를 보며 지미는 어머니를 떠올렸다. 몸이 아픈 아버지를 대신해 오전에는 베이비시터, 오후에는 마트에서 일하고 있었다.

"제 증언 때문에 회사에 폐 끼치고 싶지 않습니다. 저에게 운전은 단순한 일이 아닙니다. 가족을 지키는 소중한 일입니다. 아내를 사랑합니다. 아내가 없으면 제 인생도 끝나요."

듀란트 말에 절박함이 묻어 나왔다. 병마와 싸우는 아내를 위해 일터로 다시 나온 모습은 지미에게 울림을 주고 있었다. 사랑하는 사람을 위한 노력 앞에 그 어떤 이도 이의를 제기할 수 없을 것이다. 딸은 결혼 후 캐나다에서 살고 있다고 했다. 자식에게 알리지 않은 이유도 걱정 시키지 않기 위해서였다. 지미 전화가 울렸다. 제임스였다.

"지미. 사진 두 장 보냈어. 확인해봐. 사망자 제라드 스미스가 사기 쳤을 때 유일하게 소송하지 않은 사람이 있어. 이름은 윌리엄 킴, 그런데 자살해버렸어. 보낸 사진은 윌리엄 킴 부인과 딸이야. 혹시 모르니까 보여주면서 기억나는지 물어봐."

전화를 끊은 지미가 휴대폰으로 전송된 사진을 두 명에게 보였다.

"혹시 택시에 탔던 사람이 이 사람인가요?"

폴은 보자마자 아니라고 했고 듀란트는 사진을 보고 말하기를 주저했다.

"알고 계시면 숨기지 말고 말씀해주셔야 합니다."

"형사님, 지금 하고 있는 일은 저에게 소중합니다. 사랑하는 아내를 위해서 이 일을 계속할 수 있도록 해주십시오. 그렇게만 된다면 수사에 적극 협조하겠습니다."

"사실 어머니도 편찮으신 아버지 위해 일하고 계세요. 능력 없는 아들을 둔 덕에 환갑이 넘으셨는데도 고단한 일을 매일 견디고 계십니다. 그러니 저를 믿으세요."

듀란트 눈빛이 흔들렸다. 입술을 굳게 다물고 고민하고 있었다. 듀란트가 폴에게 준 커피를 가져와 한 모금 마셨다.

"울고 있었습니다."

"울고 있었다니 무슨 말이죠?"

듀란트가 허리를 꼿꼿이 세웠다.

"호출을 받고 어떤 맨션에 갔습니다. 도착하니까 이미 밖에서 기다리고 있었어요. 여성 두 명이 서 있었는데 한 명만 탔습니다. 그랑 비나 호텔로 가자고 했어요. 선글라스를 벗고 눈물 훔칠 때 백미러로 얼굴을 보게 되었습니다. 타기 전까지 울었던 모양이었어요. 눈이 많이 부어 있었습니다."

듀란트가 사진의 젊은 여성을 지목하며 확신에 찬 듯 말을 이어갔다.

"택시 탔던 여성이 틀림없어요. 호텔로 이동하는 내내 울었습니다. 울음을 참으려고 하는 소리까지 들렸어요. 내릴 때 팁을 많이 주었습니다. 너무 고마워서 몇 번이고 감사하다고 했죠. 그런 승객을 제가 잊어버리겠습니까?"

지미는 재빠르게 듀란트가 한 말을 적었다. 제임스에게 전화를 하려던 지미가 잠시 머뭇거리다 듀란트를 보며 말했다.

"오늘 증언 너무 감사드립니다. 택시를 계속할 수 있도록 최대한 노력하겠습니다. 제 연락처를 드릴테니 무슨 일이 생기면 꼭 연락 주십시오. 임금 체불 문제가 있다는 것도 알고 있습니다. 시정 조치토록 돌아가서 알아보겠습니다. 제가 여기서 이런 말 했다고 말하진 마십시오. 아셨죠?"

지미가 일어섰다. 듀란트가 일어나 지미 손을 잡고 인사를 했다. 듀란트 손을 잡은 지미 눈망울이 그렁그렁해졌다.

1_21

야니가 마시던 커피를 내려 놓고 재킷을 입었다. 리헤르를 도와줄 일이 있다면 그는 뭐든지 하고 싶었지만 그녀의 행방을 알 수 없었기 때문에 가슴이 터질 지경이었다. 현관을 나서자 비가 내리고 있었다. 한쪽 신발 끈이 풀린 채로 빗물에 젖고 있었다. '오니츠카 타이거' 그녀의 마지막 선물이었다. 그녀가 일하는 N.C 여행사에 찾아갔지만 허탕을 치고 돌아왔다. 이미 일을 그만 둔 상태였다. 고생해서 정규직으로 입사한 회사를 그만둘 정도였다면 분명 큰일이 있었음을 그는 짐작할 수 있었다. 무엇이 그녀를 무겁게 누르고 괴롭혔던 것일까?

버스에 타고 한참을 간 후 버스에서 내린 야니가 '위스토리'라고 쓰여진 레스토랑을 향해 걸어갔다. 문을 열자 달려 있던 방울이 반갑게 맞아 주었다. 오랜만에 듣는 방울 소리에 야니는 그녀라도 만난 것처럼 눈이 빨개졌다. 그녀와 처음 만나고 헤어진 장소가 이곳 위스토리 레스토랑이었던 것이다. 그가 구석진 테이블로 가 앉았다. 그녀가 좋아하는 디카페인 커피를 주문했다. 그리고 전화를 걸다 끊었다를 수십 번 반복하던 그가 한숨을 내쉬며 등을 기댄 채 눈을 감았다. 그와 조금 떨어진 창가 쪽 앉아 있던 루나가 경찰 상황실에 연락했다.

'야니 존스가 계속 전화를 하는데 잘 되지 않는지 걸었다 끊었다를 반복하고 있습니다. 통화기록 조회 요청합니다.'

1_22

지미가 경찰서를 향해 출발했다. 듀란트 모습에 어머니가 떠오르자 표정이 어두워졌다. 듀란트가 하는 일은 단순한 운전이 아니었다. 사랑을 지키기 위해 홀로 힘겨운 전투를 하고 있는 것이었다.

"어머니, 지미에요. 요즘 어떠세요. 일이 바빠 찾아 뵙지 못해서 죄송해요. 아버지는요? 제 걱정은 그만하라고 하세요. 이제 형사 일에 익숙해졌어요. 밥은 잘 먹고 다닌다니까 자꾸 그러시네. 아버지도 아버지이지만 어머니 건강이 걱정입니다. 또 그런 소리 한다. 건강하게 잘 키워주신 것만으로도 감사해요. 아셨죠? 또 연락드릴께요."

전화를 끊은 지미 눈이 빨개졌다. 이때 전화가 왔다.

"어떻게 되었어?"

"쉽게 문제가 풀릴 듯 보입니다. 사진을 보여주자 기사님이 리헤르 킴을 지목했습니다. 호텔까지 데려다준 사실을 정확하게 기억하고 있었습니다."

"오호. 그 여자가 제라드 스미스를 죽인 게 확실하구나. 아직 단정 짓기엔 이르지만 말이야."

"저도 그렇게 생각하고 있습니다. 기사님 증언에 따르면 택시 타고 가는 내내 울었다고 했어요. 택시비 계산 후 선글라스 끼고 내린 것까지 자세하게 말해주었습니다. 맨션에서 두 명의 여성이 기다리고 있었다고 했는데요. 아마 리헤르와 그녀 어머니가 아닐까 생각합니다."

"거의 확실하지 않을까? 어머니가 딸 배웅하러 나왔겠지. 복수를 어머니와 딸이 함께 준비했을 수도 있으니까. 아참, 경찰서로 실종 신고가 들어왔어. 호텔 경비는 외부 보안업체가 맡고 있는데 그 업체 직원이 며칠째 집으로 오지 않아서 실종 신고를 했다는 거야. 호텔 직원 모두 조사한다고 했지만 놓친 것 같아. 아무튼 들어오면 다시 얘기하자. 조심해서 운전하고."

잠시 후 지미가 경찰서에 도착했다. 우산을 쓰지 않은 채로 그가 현관을 향해 뛰어갔다.

"헉헉. 소피아 선배님, 안녕하세요. 여기 어떤 일로 오셨나요?"

"지미 형사님, 우산도 없이 뛰어오고 그러세요. 오랜만이에요. 업무차 왔다가 이제 사무실로 가려고 하던 중이에요."

"그러셨군요. 손에 든 건 뭐에요?"

"네?"

소피아가 종이 가방을 들고 있었다. 가방 안을 힐끔 보던 지미가 가볍게 웃었다.

"오렌지 주스? 맞죠?"

"네. 오늘 아침에 생각보다 많이 가지고 와서요. 드실래요?"

"하하. 저는 괜찮습니다. 제가 제임스 선배에게 잘 전달할 테니까 안심하시고 가셔도 됩니다. 가방 저 주시고요."

지미에게 가방을 전달한 소피아가 부끄러워하며 고개를 숙였다. 고맙다는 인사를 하고 그녀가 현관을 나섰다. 몇 미터 같이 따라가던 지미가 비를 맞은 채로 소피아를 물끄러미 바라보다 돌아섰다.

"고생 많았어, 지미. 이번 사건 생각보다 빨리 끝날 것 같아."

"선배, 이거 받으세요."

"뭐야?"

지미가 제임스에게 가방을 건넸다. 제임스가 오렌지 주스를 보며 허탈하게 웃었다. 그가 종이컵에 주스를 담아 지미에게 주었다.

"이런 걸 대신 가지고 오고 그래. 앞으로는 직접 오라고 해."

"현관에서 만났어요. 생각보다 많은 양을 가져왔다고 하며 주더라고요. 그래서 제가 선배에게 전달하겠다고 했어요."

"그 사람은 자기가 먹을 양도 모르나? 아무튼 직업과 성격은 다른 거야."

"선배, 결혼은 하긴 하시는 겁니까?"

지미의 공격적인 질문에 제임스가 따르던 컵에 주스가 넘쳐 흘렀다. 티슈로 허겁지겁 닦으며 그가 말했다.

"결혼 약속을 했으니까 해야지. 안 그래?"

"소피아 선배는 여전히 선배만 바라보고 있어요. 알고 있죠?"

"자자, 헛소리 그만하고 오늘 있었던 사건 정리해서 빨리 보고하자."

제임스가 주스를 마시고 종이컵을 구겨 쓰레기통에 던졌다. 리암이 사무실로 들어오고 있었다.

"지미, 고생 많았어. 그 사람 딸이 범인이라며? 이제서야 애들과 마음 편히 공원에 놀러 갈 수 있게 되었어."

"아직 단정적으로 말할 수는 없지만 그 여성일 가능성이 높습니다."

"나 25년동안 형사로 밥 먹고 살았어. 범인 확실해."

"리암 선배님, 애들하고 공원에 갈 생각에 빠져 계시는 거 아니에요? 마지막까지 범인이 누구인지 집중하고 예단하지 말라. 선배가 항상 하던 말입니다. 하하."

리암이 제임스 책상에 서류를 가볍게 던졌다.

"자. 이거 확인해봐. 상황실에서 루나 연락을 받았나 봐. 야니 존스가 어디론가 전화를 계속했다고 해서 말이야. 통화기록 조회했더니 그게 누구였는지 알아? 바로 리헤르 킴이야. 택시 타고 호텔에 왔다던 여성. 자살한 남자 딸."

"네?"

제임스가 서류를 꺼냈다. 지미도 덩달아 일어나 그의 옆으로 갔다. 통화 내역은 2년 전부터 많았지만 6개월 전부터는 없었다. 빠르게 훑어보던 지미가 말했다.

"두 명은 원래 아는 사이였던 거네요. 연인 관계였을 수도 있고요."

제임스가 지미를 향해 엄지손가락을 치켜세웠다.

"내 생각도 같아. 그렇지 않고서는 이렇게 많은 통화내역이 존재할 리가 없어. 2년 전부터 하루에도 몇 차례씩 통화했고…… 6개월 전부터 통화 시간이 없다? 그즈음해서 헤어졌다는 얘긴가?"

"야니와 리헤르. 공범이 아닐까요? 연인관계 였다면 자살한 아버지 복수한다는 걸 몰랐을까요? 연인관계라면 다 얘기 하잖아요."

지미가 주스를 컵에 담아 리암에게 건넸다. 리암은 제임스와 지미 얘기를 들기만 하며 앉아 있었다.

"6개월 전부터 연락이 없었으니까. 공범이 아닐 수도 있어. 아니면 리헤르가 야니를 적당히 이용해서 살해하도록 한 것일 수도 있고. 어쨌든 자기 아버지를 죽게 한 사람이 호텔에 온다는 걸 알고 온 거야."

"그럼 어떻게 하죠? 루나에게 연락을 할까요?"

제임스가 잠시 생각을 하다가 지미 팔을 잡았다.

"긴급 체포하자."

"선배, 먼저 구속 영장을 먼저 발부받고……."

"아냐. 도주할 수 있고 증거 인멸할 수도 있으니까 먼저 체포하자고. 48시간 이내 구속 심리를 거치면 되니까. 루나에게 우리가 직접 간다고 잘 지켜보고 있으라고 전해. 빨리 나가자."

"네. 알겠습니다."

1_23

"야니 존스 씨, 사고 당일 어디에 있었죠?"

지미가 한 시간째 같은 말만 반복하고 있었다. 알리바이를 물었지만 고개를 숙인 채 침묵했다. 리헤르 킴 사진을 야니에게 보여주었다.

"이 여성을 알고 있죠? 리헤르 킴. 당신과 2년 전부터 사귄 여성이죠? 호텔에서 죽은 남자는 리헤르 아버지를 자살하게 만든 사기범이었다는 것도 알고 있잖아요! 6개월 전부터 연락을 뜸하게 한 것도 계획한 것이고. 언제부터 죽이기로 했는지 빨리 얘기해요. 다 알고 있어요!"

"……."

지미의 추궁이 계속 되었다.

"리헤르가 호텔로 왔다는 택시기사 증언이 있었어요. 당신은 그때 어디서 뭘 했죠? 호텔 밖 차에서 리헤르 씨 기다렸죠? CCTV 확인하면 다 나옵니다. 어서 말해요. 어서!"

야니 눈이 빨갛게 변했다. 제임스가 지미 어깨를 흔들자 그가 책상을 강하게 치며 일어났다. 제임스가 앉았다.

"야니 존스 씨, 슬플 때 우는 건 맞습니다. 펑펑 울어도 좋습니다. 헤어진 연인에 대한 마음 저도 알고 있으니까요."

야니가 어깨를 들썩이며 울기 시작했다. 이를 지켜보는 제임스와 지미는 연인이 확실하다는 신호를 주고 받았다. 제임스가 야니를 물끄러미 바라보며 그의 감정에 서서히 젖어 들고 있었다. 사랑하는 사람을 그리워하는 마음은 소피아를 통해 제임스도 공감하고 있던 터였다. 한참 울던 야니가 정신이 들었는지 고개를 숙인 채 말했다.

"저…… 리헤르가 보고 싶습니다."

한마디 하지 않던 그가 말하자 조사실 거울 속에서 지켜 보던 형사 모두가 한 고비라도 넘긴 듯 안도의 한숨을 내쉬었다.

"묵비권 행사할 수 있고 변호사 선임해도 됩니다만 이런다고 해결되지는 않아요. 알고 있는 대로 얘기하면 정상 참작할 테니까 모든 것을 말하세요. 연인 관계였던 것은 분명하죠?"

야니가 고개를 들었다. 수척해진 얼굴은 그의 상태를 말하고 있었다. 제임스가 애처로운 눈빛으로 그를 바라보며 안타까워했다.

"식사했어요? 어떠세요? 간단하게 요기라도 할까요?"

야니가 한곳을 주시하며 멍한 표정으로 말했다.

"커피 한잔 주세요. 죄송하지만 디카페인으로 주세요."

지미가 밖으로 급히 뛰어나갔다. 조사실에는 제임스와 야니 둘만 남아 있었다. 제임스가 헛기침을 하며 부드럽게 말했다.

"야니 씨, 일과 관련 없는 제 얘기할까 합니다만 들어줄 거죠?"

야니가 고개를 천천히 끄덕였다.

"그래요. 저도 형사를 떠나 한 남자입니다. 결혼을 앞두고 있습니다만 사랑이 뭔지 잘 모르겠습니다. 예전에 사랑했던 여자가 있었습니다. 그런데 자주 다투었고 그것이 쌓이다 보니 결국 헤어지게 되더라고요."

제임스가 테이블에 있던 생수를 마셨다. 그는 마치 고해성사를 하듯 심각하고 진지했다.

"헤어지고 나서 처음에는 후련했습니다. 신경 써야 할 사람도 없어지고 이제 일에만 집중하면 되겠구나 하고 말이죠. 사실 오래 가지 못했습니다. 계속 그 사람이 떠올랐으니까요. 그런 와중에 후배 소개로 다음 달 결혼하게 될 여성을 만나게 되었어요."

제임스가 크게 한숨을 쉬었다.

"결혼할 여성과 한번도 싸운 적이 없었습니다. 연애가 얼마나 술술 풀리던지."

"사랑하지 않는 여성과 결혼하려고 하시는군요."

예상치 못한 야니 반응에 조사실 거울 속 형사 모두 놀란 표정으로 상황을 지켜보고 있었다.

"솔직히 헤어진 여자 친구가 자주 생각나요. 오늘도 제가 좋아하는 오렌지 주스를 가져다주었어요. 얼굴도 보지 않은 채로 말이죠. 그녀 마음이 어떤지 잘 알고 있습니다. 헤어진 사람 마음 잡으려 애쓰고 있다는 것도 알고 있습니다. 그녀와 사랑했던 제 모습이 계속 떠올라요. 야니 씨를 보는데 그녀 생각이 나네요."

제임스 목소리가 떨리고 있었다. 거울 속 형사들은 제임스 발언에 놀랐고 지미는 커피를 든 채 멍하니 서 있었다.

"형사님은 이제야 사랑이 뭔지 깨닫는 중입니다."

"무슨 말이죠?"

침묵으로 일관하던 야니가 고개를 들었다.

"그녀를 사랑했던 형사님 모습이 떠오른다고 했죠? 그녀는 형사님을 향해 있죠? 그럼 된 거 아닌가요?"

"왜 제가 사랑을 깨닫고 있다고 한 거죠?"

"형사님이 더 잘 알고 있지 않나요? 자신에게 한번 물어보세요. 남들 눈치 따위 접어두고 솔직하게 물어보세요. 내가 누구를 사랑하는지 말입니다."

"야니 씨가 그렇게 확신을 갖고 말하는 그 이유가 뭐죠?"

"쳇."

야니가 입꼬리가 올라갔다. 제임스는 조사해야 한다는 것을 잊었는지 의자를 앞으로 당기며 다가갔다.

"헤어졌다는 여성은 형사님 사랑을 지키며 기다리고 있어요."

초췌한 얼굴이었지만 확신에 찬 얼굴로 야니가 말했다.

"사랑, 누구나 할 수 있습니다. 어린애부터 노인까지 말입니다. 하지만 사랑은 하는 것이 전부가 아닙니다. 지키지 않는 사랑은 반쪽짜리입니다. 그녀는 형사님과 만들었던 사랑을 지키고 있는 겁니다. 그녀가 안쓰럽죠? 형사님이 행복할 수 있는 선택을 하세요. 저도 제가 행복할 수 있는 선택을 할 겁니다."

야니가 평온한 표정으로 말했다.

"형사님 심장에 부는 바람을 따라가세요. 주변 눈치만 보다가 진짜 사랑 놓칠 수 있어요."

조사실 문이 열리고 지미가 커피를 가져 왔다. 촉촉해진 야니 눈을 바라보는 제임스의 표정은 진지했다.

"사랑을 방해하는 것은 세상에 널렸습니다. 유혹하는 이성도 많고, 사랑하는 이가 먹지 말라는 술을 먹자고 떼쓰는 친구도 많습니다. 약속시간에 조금 늦은 상대에게 화내기도 합니다. 그런 사소한 것이 쌓여 헤어지게 되는 것입니다. 작은 이유 때문에 큰 사랑을 놓치게 된다면 그것은 말그대로 바보입니다. 바보."

지미가 제임스 어깨를 가볍게 주물렀다. 거울 안쪽 방에 있던 리암이 고개를 천천히 끄덕였다.

"형사님, 지키는 사랑을 하셔야 합니다."

야니가 결심에 찬 듯 제임스를 바라보며 말했다.

"자수하겠습니다. 제라드 스미스는 제가 죽였습니다."

제임스와 지미 눈이 휘둥그레졌다.

"제라드 스미스를 당신이 죽…… 죽였다는 말인가요?"

"네, 맞습니다. 죄는 달게 받겠습니다."

1_24

제임스는 벌써 세 개째 줄담배를 피우고 있었다.

"선배, 야니 존스 어떻게 생각하세요. 정말 범인 같아요?"

눈을 감은 채 고개를 갸우뚱하는 제임스가 말했다.

"사랑학개론을 시전하고서는 제라드를 죽였다고 하니까 놀라긴 했지. 어쨌든 사건이 의외로 쉽게 풀릴 수 있을 것 같은데 말이야. 하지만 사고 당일 알리바이가 미심쩍어."

"저도 그렇게 생각해요. 2조사실로 데리고 가서 물어봤지만 자꾸 말을 바꾸고 있어요. 어떻게 호텔로 왔는지도 명확하지 않아요. 의도적으로 혼선 주려고 하는 것 같기도 하고요. 께름칙한 느낌을 지울 수가 없네요."

"2조사실에서 새롭게 나온 내용 없어?"

"야니 존스 그 사람 성깔 있더라고요. 꼬치꼬치 캐물으니까 본인이 범인이라고 했는데 뭘 계속 물어보냐며 소리를 질렀어요. 1조사실에서 보인 차분하고 감성적인 모습은 온데간데없었어요."

제임스가 다시 담배를 물자 지미가 말렸다.

"선배, 그러다 몸 탈나요. 담배 너무 많이 피우지 마세요."

"불이나 붙여줘."

마지못해 지미가 담뱃불을 붙여주었다.

"리헤르 킴 보고 싶다고 울먹일 정도면 연인이었던 것은 확실하고. 둘이서 몇 개월 전부터 계획하고 살인한 건 아닐까 싶어."

"리헤르가 야니를 이용한 것일 수도 있어요. 아버지 원수를 갚아야 한다. 내 손에 피 묻히고 싶지 않다. 순진한 남자 꼬셔서 대신 죽이게 한다. 나는 사라진다. 죄는 남자 몫이다. 이런 방정식이 성립되는 것이죠."

제임스가 지미 볼을 꾹 눌렀다.

"가능성 있어. 일단 리헤르 휴대폰이 마지막으로 꺼진 곳을 확인해보자. 다른 지역으로 도망갔을 수도 있으니까 전국에 수배령 내리고. 리헤르 킴 집 압수수색 해야겠어."

"선배. 아까 너무 감성적으로 말하는데 저도 울컥했어요."

상의 지퍼를 올리며 지미가 웃었다.

"감성적으로 말한 건 사실이야. 야니 존스를 보니까 여성스럽고 감성적인 사람이더라. 어쨌든 묵비권으로 일관하던 사람이 말하기 시작했잖아. 또 범인이라고 얘기했고. 그럼 된 거지."

"진심으로 말하는 거에요?"

"그렇다니까. 내가 형사 몇 년째 하고 있는지 알지? 리암 선배가 알려준 기술이거든. 상대 마음을 읽고 똑같은 상태로 빙의하지 않으면 안 된다. 특히 묵비권을 행사하는 사람을 대할 때는 그렇게 해야 한다고 배웠어."

"그럼 소피아 선배 제가 만나도 되는 겁니까?"

갑자기 사레가 들린 듯 제임스가 기침을 했다. 지미가 깔깔 웃어댔다.

"선배가 이러는데 누가 믿겠어요. 소피아 선배 포기할 테니까 잘해보세요. 제이미에게는 미안하게 되었네요. 제가 괜히 소개한 것 같아요. 사실 저도 꿍꿍이가 없었던 것은 아니었지만……. 오늘 선배 보면서 완전히 포기하겠습니다. 포기."

지미가 두 손을 번쩍 들었다. 이때 현관에서 루나가 뛰어나와 소리쳤다.

"선배님. 그 여자 자수하러 왔어요!"

흡연 부스를 걸어 나오던 지미가 들리지 않는다며 손을 귀에다 댔다.

"리헤르 킴이 자수하러 형사과로 왔다고요!"

지미와 함께 현관으로 뛰어가던 제임스가 말했다.

"이번 사건 끝난 거야?

1_25

"지금 리헤르 킴이 자수하러 경찰서에 왔어."

"뭐야?"

여행사 회의실에 있던 에릭이 직원들에게 잠시 기다리라고 한 뒤 나갔다.

"그럼 더 잘된 거 아냐?"

"그렇지. 어떻게 되었든 이번 사건은 묻히게 되니까."

에릭이 건물 옥상에 도착해서 담배를 물고 바닥에 침을 뱉었다.

"야니 존스, 얼마 전 집까지 찾아왔어. 미야쇼 그만하겠다고 울며 얘기 했어. 미친 놈."

"알아. 그래서 야니 존재가 발각된 거잖아. 리헤르 킴이 자수하러 왔으니까. 오히려 잘된 거야. 연인 둘이 공범으로 쳐 넣으면 되니까."

"야니 존스, 리헤르 킴. 두 명 모두 같은 날에 자수했다? 이유는 알고 싶진 않지만 희한한 일이야. 설마 둘이 짜고 시간 차를 두고 자수한 건 아니겠지?"

에릭이 의아하다는 듯 고개를 저으며 재차 바닥에 침을 뱉었다. 구석에서 담배를 피우던 직원이 에릭을 보고 놀란 표정으로 담배를 끄고 건물 안으로 사라졌다.

"야니는 긴급체포 되었다가 자백한 거니까. 둘이 짰다고 할 수 없어."

"야니 이 괴물 같은 놈. 미야쇼 일을 발설할 것 같아서 걱정했는데 말이야. 뭐 어차피 말해도 아무도 믿어주지 않을 거니까. 정 안 되면 정신병원에 가둬서 평생 병원밥 먹다 죽게 만들면 돼."

"그건 그렇고 이제부터 내가 할 일이 뭐지?"

에릭이 어금니를 물며 강하게 말했다.

"빌어먹을! 그걸 지금 질문이라고 하는 거야? 리헤르가 범인이고 연인이었던 야니가 공범이라고 하면 되잖아! 누가 범인이든 공범이든 잡아 넣고 사건을 끝내면 될 거 아냐!"

"흥분하지 마. 일은 이미 벌어졌어."

"빨리 사건 마무리하고 끝내야 해."

에릭이 안절부절못하며 같은 자리를 왔다 갔다 했다.

"가장 중요한 건 제라드 스미스 시신이야. 최대한 빨리 화장해. 화장해야 증거가 사라지니까. 무슨 말인지 알지?"

"알겠어."

"이번 일 틀어지면 우리 둘다 당하게 되는 거야. 조용히 빨리 처리를 해야 한다고. 내가 도와줄 것이 있으면 연락해. 지금부터는 속도야, 속도. 알지?"

"알았어. 너무 재촉하지 마."

1_26

"야니 존스 그 사람은 범인이 아닙니다."

울며 말하는 리헤르 앞에 루나가 앉아 있었다. 조사실 거울 안쪽에는 리암, 제임스, 지미, 에단이 지켜보고 있었다. 모든 형사가 리헤르 말에 촉각을 집중하고 있었다.

"제라드 스미스가 아버지 원수인가요?"

루나가 흐느껴 우는 리헤르에게 손수건을 건넸지만 그녀는 받지 않고 울기만 할 뿐이었다.

"제라드 스미스의 사기가 아버지 자살 원인이라 생각하고 있죠?"

고개 숙인 리헤르가 말했다.

"아버지는 거액의 돈을 투자 했습니다. 제라드 스미스는 돈을 돌려 주지 않았습니다. 얼마 후 아버지는 집에서 돌아가셨어요."

"리헤르 킴 당신은 제라드 스미스를 죽였다고 인정하는 겁니까?"

"네, 제가 제라드 스미스를 죽였습니다."

"제라드 스미스를 죽였다……. 그런데 야니 존스가 자백한 걸 어떻게 알고 있었죠?"

리헤르가 천천히 고개를 들고 울먹이며 말했다.

"중요한 건 진짜 범인 아닌가요? 야니는 죄가 없어요. 제가 죽였다고 생각한 나머지 대신해서 자수한 것입니다."

루나가 조사실 거울을 보며 신호를 보냈다. 제임스가 야니에 대해 더 물어보라 말했다.

"야니 존스 씨와 연인 관계였죠?"

"맞습니다. 그러나 이미 반년 전에 헤어졌습니다. 이번 일과 상관이 없어요."

리헤르가 딱 잘라 말했다. 루나는 고삐를 늦추지 않았다.

"야니 존스에게 제라드 스미스 얘기한 적이 있죠?"

"없습니다."

"사실대로 얘기하세요!"

다그치는 루나를 노려보는 리헤르 목소리가 커졌다.

"없다니까요! 야니에게 물어 보세요! 제라드 스미스에게 대해 아는 게 하나라도 있는지. 그는 아무것도 모릅니다. 저 때문에 범인인 척하는 거라고 얘기했잖아요! 우리는 헤어진 지 반년이 넘었다고요!"

리헤르가 책상을 치며 말했다. 그녀 말이 맞다는 것은 모든 형사가 알고 있었다. 야니는 제라드 스미스에 대해 아는 것이 없었다. 사고 당일 알리바이도 분명치 않아 찜찜하게 생각하고 있었던 터였다.

"6개월 전 제라드 스미스가 마로히에 온다는 편지를 받았어요. 믿고 싶지 않았지만 가능성 있다고 생각했습니다. 살해 준비했고 사격 연습장까지 다녔습니다. 그리고 제라드 스미스를 죽였습니다. 야니에게 살인한 사람의 남자라는 오명을 씌우고 싶지 않아 헤어지자고 했습니다."

루나가 조사실 거울을 향해 계속 진행해야 하는지를 신호를 보냈다.

"복수극으로 끝나는 것이군. 리헤르를 좀 더 조사해서 명확해지면 야니를 풀어주는 것이 맞을 것 같아. 야니는 왜 자기가 살인범이라고 했을까? 설마 사랑 때문은 아니겠지?"

리암이 말했다. 제임스는 리헤르 말에 허점이 있다고 생각했다.

"아무리 사랑한다지만 무턱대고 자수를 했다……. 혹시 야니만 아는 뭔가 있지 않을까요? 두 명 모두 조사를 해봐야 할 것 같습니다. 리헤르는 어떻게 하죠? 심문을 더 해야 하나요?"

"제임스, 일단 경찰서 지하 유치장에 가둬. 원한을 갚기 위해 죽였고 사건 당일 택시 타고 호텔에 간 것도 확인되었으니까."

리암이 남아 있던 커피를 마시고 일어섰다. 제임스가 조사실 마이크를 켰다.

"루나, 조사 끝내자. 리헤르는 경찰서 내에 있는 지하 구치소로 데려가."

루나가 고개를 끄덕이며 리헤르를 부축했다. 그때 거울 안쪽 방문이 열렸다.

"제임스 형사님. 지금 누가 찾아오셨는데요."

"누군데?"

"여성분인데요. 형사님 찾아왔다고 해서 자리로 안내해드렸어요."

"혹시 오렌지 주스 들고 오지 않았나요?"

지미 말에 모두 크게 웃었다.

"오렌지 주스 주는 사람은 언제나 대환영이지."

제임스가 중얼거리며 밖으로 나갔다. 그가 사무실에 도착하자 젊은 여성이 기다리고 있었다. 서로 가볍게 인사를 했다. 빨리 끝날 것으로 생각한 제임스가 예상과 달리 시간이 길어지자 담배를 피우기 시작했다. 답답한 표정의 그가 한숨을 내쉬었고 여성은 조용히 말하고 있었다. 두 명이 어떤 얘기를 하는지 전혀 알 수 없었지만 형사과 모든 시선은 그녀에게 쏠려 있었다. 빨간색 립스틱, 날씬한 몸매, 딱 붙은 원피스를 입은 그녀를 그냥 지나칠 남자는 없었다. 제임스가 포기했다는 듯 고개를 저으며 자리에서 일어났다.

"그럼 같이 가시죠."

이때 지미가 들어 오고 있었다.

"어디 가세요, 선배?"

"내가 연락하기 전까지 일단 대기하고 있어. 미안해. 급한 일이 생겼어."

"네, 알겠습니다."

제임스가 재킷을 들고 사무실을 나섰고 여성이 따라나갔다.

1_27

"제임스, 오랜만이네. 전화까지 다 주고. 무슨 일 있어?"

"뭐 하는지 궁금해서 전화했어. 어디야?"

"집에 있지. 정말 무슨 일 있는 건 아니지?"

갑작스런 제임스 전화에 소피아가 걱정스러운 듯 말했다. 연애할 때도 늦은 시간에 전화한 적이 없었던 그였다.

"제임스, 한잔한 거야?"

"아니. 요즘 바빠서 술 먹을 시간도 없어. 너랑 만날 때 가끔 한잔 했지만. 하하."

"웃긴다. 갑자기 옛날 얘기하고 그래. 나 때문에 당신이 일부러 마셔주었다는 건 알고 있어. 내가 술을 좋아했으니까."

미안한 듯 작은 목소리로 그녀가 말했다. 한동안 둘은 말이 없었다.

"오렌지 주스 덕분에 비타민 보충 잘하고 있어. 고마워."

"당신 정말 무슨 일 없는 거지?"

"없다니까. 솔직하게 말하는 것뿐이야. 가끔씩 주스 마시면서 연애할 때 우리를 떠올리곤 했어."

"아무런 일도 없다. 술도 마시지 않았다. 그럼 당신 지금 나에게 작업하는 거야?"

"작업은 무슨. 하하."

"당신 오늘따라 이상해."

"소피아 당신 생각나서 전화한 거야."

그녀 얼굴이 붉어졌고 이내 눈물이 흘러내렸다. 그와 헤어진 후 속앓이하며 지내온 시간이 스치자 서러움이 한꺼번에 밀려왔던 것이다.

"울고 있는 거 다 알아. 내가 미안했어."

"너무 많이 외로웠고 힘들었어. 제임스, 난 여전히 당신을 사랑해."

제임스 눈가에도 눈물이 맺혔다. 그가 코를 훌쩍거리며 말했다.

"밤바람이 차네. 당신도 알지? 바람이 차면 눈물 나잖아."

"내 앞에서 언제든지 울어도 좋아. 당신에게 바다와 같은 존재가 되길 매일 기도했어. 당신이 돌아왔다는 걸 실감하지 못하지만 목소리 듣는 것만으로도 행복해."

"그래. 오늘은 이것만으로 충분할 것 같아. 당신도 알겠지만 내가 이렇게 하면 다른 누군가는 힘들어질 거야. 나에게 정리할 시간을 주었으면 해."

"충분히 줄 수 있어. 하나 물어봐도 돼? 마음이 변한 이유가 있어?"

지금까지 그녀와 함께한 시간을 떠올린 제임스가 침묵하고 있었지만 소피아는 그가 대답할 때까지 기다려주었다.

"마음이 변한 것은 아니야. 내 마음을 스스로가 몰랐던 것이라고 해야 하나. 소피아 너를 혼자 두어서 너무 미안해. 사랑을 시작하는 것도 중요하지만 지키는 사랑이 더 의미 있다는 걸 어느 순간 깨닫게 되었어."

"우와, 정말 멋진 말이네. 그런 말 어디에서 들었어?"

"요즘 많은 일이 있었는데 그 과정에서 깨달은 것 같아. 그리고 내일 중요한 일이 있거든. 지미에게 조금 일찍 출근하라고 일러두었어."

"지미 형사가 나를 좋아했다는 거 당신도 알지? 난 당신을 향한 마음 변한 적 없어. 그에게 잘 얘기해. 우리 사랑 굳건하다고 말이야."

"녀석 금방 일어날 거야. 걱정 마. 내일 오전에 일 끝나면 다 말해줄게."

"알았어. 기대할게. 조심해서 들어가."

"소피아, 당신이 그 자리에 있어 주어서 고마워. 더 중요한 말은 직접 만나서 하자. 잘 자."

종이 가방을 들고 집으로 향하는 제임스가 콧노래를 흥얼거렸다. 가방 안에는 오렌지 주스 병이 들어 있었다.

1_28

"뭐라고요?"

이른 아침 경찰서 흡연 부스 안이 담배 연기로 자옥했다.

"정말이야. 내가 말한 걸 믿어. 직접 보고 왔어."

"저는 뭐가 뭔지 잘 모르겠습니다만 선배 지시에 따르겠습니다."

확고한 지미 표정을 보며 제임스가 말했다.

"나와 같이 있어야 해. 만일의 사태에 대비해야 하고. 루나, 에단은 그곳에 가 있어?"

"네, 잠복해 있습니다."

"그래. 그럼 시작해보자. 마음을 굳게 먹자고."

"저는 이미 마음 굳혔어요. 선배 믿어요."

착잡한 표정의 제임스를 바라보는 지미도 혼란스럽기는 마찬가지였다. 이른 시간이었지만 형사과로 리암이 들어오고 있었다. 제임스와 지미가 커피 마시고 있는 모습을 보며 그가 말했다.

"이 사람들아. 맨날 담배에 커피에 그러다가 몸 상해. 제임스 당신은 오렌지 주스 있잖아. 그걸 마시라고."

웃고 있는 지미를 쳐다보는 제임스 표정이 어두웠다.

"제임스 선배, 주스 남으면 저에게도 한 잔 주십시오. 언제든지 먹고 싶습니다."

"리암 선배님, 출근이 평소보다 빠르십니다."

리암이 아무 일 아니라며 손짓했다. 방으로 들어간 그가 상기된 표정으로 제임스에게 걸어갔다.

"이거 어떻게 된 거야?"

"무슨 말씀을 하시는 건지……."

"제라드 스미스 화장을 지시했는데 누가 중단시킨 거야?"

리암 목소리가 커졌다.

"그게 말입니다."

제임스가 자리에서 일어섰다. 리암 앞으로 다가간 제임스가 머뭇거렸다.

"조사해봐야 할 것들이 남아 있어서요. 제라드 스미스 화장은 제가 중단 시켰습니다."

"뭐라고?"

순간 리암 미간이 찡그려졌다. 리암은 제임스 어깨를 밀며 강한 어조로 얘기했다. 제임스가 뒤로 밀리지 않고 꼿꼿하게 서있었다.

“상사인 내가 지시했으면 그대로 이행해야지. 자네가 뭔데 함부로 보고 없이 중단시키나?”

흥분한 리암 목소리에 형사과 전체가 조용해졌다. 리암이 제임스에게 이런 모습을 보인 적이 한번도 없었기 때문이다. 형사과 모든 시선이 리암과 제임스에게 향했다.

“선배님, 드릴 말씀이 있습니다.”

“뭔데?”

“3년 전 제라드 스미스 수사와 관련해서 여쭤보고 싶은 것이 있습니다. 잠시 앉아서 얘기 나눌 수 있을까요? 아니면 다른 곳에서 얘기해도 좋습니다.”

“그냥 여기서 얘기해.”

제임스가 고개 돌려 지미를 바라보았다. 지미는 긴장하고 있었지만 눈빛은 결기에 가득 차 있었다. 심호흡을 몇 번 하던 제임스가 리암을 향해 말했다.

“그럼 여기서 말씀 드리겠습니다. 리암 마티네즈 씨. 당신을 제라드 스미스 살인 및 사체유기, 그리고 경찰 업무상 비밀 누설죄로 체포하겠습니다. 당신은 묵비권을 행사할 수 있고 변호사를 선임할 수 있으며 법정에서 불리한 진술에 대해 입장을 거부할 권리가 있습니다.”

2장
윤슬

햇빛이나 달빛의 영향을 받아
잔물결이 반짝임

2_1

"오래 기다리셨습니다. 이제 들어오세요."

에바 무어 선생님이 'A_2'라고 써져 있는 사무실 앞에서 벤자민과 이사벨라를 맞이했다. 그들은 부끄러운 듯 고개를 숙이고 있었다. 이사벨라는 바닥만 쳐다보았고 벤자민은 그녀 뒤를 따라 들어갔다. 3인 정도 앉을 수 있는 소파가 있었고 테이블에는 찻잔이 놓여 있었다. 뜨거운 물을 붓자 김이 모락모락 났고 벤자민과 이사벨라 깊은 한숨에 김이 흔들리다 사라졌다.

"그란시나 알렌 아버지 어머니 되시죠? 저는 담임인 에바 무어입니다. 반갑습니다."

벤자민과 이사벨라가 동시에 목례했다. 두 명 모두 큰 잘못이라도 한 듯 침울한 표정이었다. 누구 하나 먼저 말하려 하지 않았다. 선생님의 면담 요청에 부모가 학교에 왔을 때는 분명 이유가 있는 것이다. 그 이유를 그들이 표정으로 말해주고 있었다.

"차 식기 전에 드세요. 준비된 차가 이것밖에 없어서요. 혹시 취향에 맞지 않으시면 제가 다른 거라도 사서 올 테니 편하게 얘기하다가 가셨으면 좋겠습니다."

에바는 몸동작, 말투까지 자연스러웠다. 면담은 학교 선생님이라면 누구나 하는 것이었다. 그러나 오늘은 간단한 면담이 아니었다. 벤자민과 이사벨라의 딸인 그란시나가 자퇴를 하겠다고 선언했기 때문이다. 담임으로서 부모를 만나 이유를 물어봐야 했기에 학교에 부를 수밖에 없었던 것이다. 벤자민의 콧잔등 기름기는 반들거렸고 머리카락은 바짝 말라 부스러질 듯 윤기가 없었다. 수염은 깎은 지 꽤 되어 보였다. 군청색 바지 아랫부분에 작은 구멍이 나있었고 군화 같은 신발은 반쯤 풀려 있었다. 이사벨라는 긴 머리를 고무줄로 묶고 맨 얼굴에 립스틱만 바르고 왔다. 황금색 웨이브 진 머리는 그란시나와 판박이었다.

"선생님, 그란시나에게 무슨 일이 생겼나요?"

이사벨라 눈망울은 걱정스러움과 미안함이 섞여 금방이라도 눈물을 흘릴 것 같았다.

"어머니는 최근 그란시나 행방에 대해선 모르세요? 그녀와 같이 살고 있지 않나요?"

에바는 부드럽게 돌려 얘기하려 했지만 어머니가 딸이 어디서 뭘 하는지 모른다는 것이 한심했다. 이사벨라의 안경 너머 눈빛은 죄책

감으로 흔들리고 있었다.

"네, 같이 살고 있지 않습니다."

"그란시나가 언제부터 집에 들어가지 않았어요?"

이사벨라에게 보내는 에바 눈빛은 날카롭게 갈아놓은 칼과 같았다. 벤자민은 양손 깍지를 끼고 미동도 하지 않고 있었다. 이사벨라가 입술을 꽉 물고 체념한 듯 말했다.

"이 사람과 별거한 뒤로 집에 들어오지 않았어요."

가느다란 이사벨라 한숨이 방안에 퍼졌다. 벤자민이 자세를 고쳐 앉으며 말했다.

"선생님, 딸아이에게 무슨 일이 생겼나요?"

벤자민도 걱정스러워 하긴 마찬가지였다. 그는 모든 것을 받아들일 각오가 된 듯 담담히 말했다.

"아버님도 아무것도 모른다는 말씀이네요."

부모로서 고등학생 딸이 어디에 뭘 하는지 전혀 모르고 있다는 것은 일종의 직무유기였다. 에바가 책상에 있던 서류를 가져와 테이블에 올려놓았다. 그란시나 성적표와 자퇴서였다.

"한번 읽어보세요. 시간 드릴께요."

이사벨라가 허겁지겁 서류를 들었다. A가 하나였고 전부 A+였다. 자퇴 이유를 읽고 그녀가 서럽게 울기 시작했다. 에바가 그녀에게 티슈를 건넸다. 그녀는 안경을 벗고 얼굴을 감싼 채 울었다. 벤자민이 이사벨라가 든 서류를 건네받아 읽기 시작했다.

"별거를 나무라는 것이 아닙니다. 저는 이혼한 어머니와 함께 살았어요. 아버지 어머니 두 분 중 한 명이라도 그란시나 부모로서 역할을 해야 하는 것 아닌가요? 이렇게 성실한 학생이 자퇴하는 게 말이 된다고 생각하세요? 그란시나는 아직 10대입니다."

에바 목소리가 사무실에 조용히 그리고 강하게 울렸다. 그녀는 작정하고 그란시나 부모님을 부른 것이었다. 부모가 자식을 버렸다고 생각한 그녀 입에서 탄식이 절로 나왔다. 에바 어머니는 식당 설거지부터 청소까지 온갖 힘든 일을 견디며 대학까지 뒷바라지 해주었다. 그녀가 선생님이 될 수 있던 것은 어머니 희생 이외에 설명할 길이 없었다. 벤자민은 말이 없었고 이사벨라 눈물은 멈춰 있었다.

"그란시나는 저와 함께 생활하고 있어요."

벤자민과 이사벨라가 놀란 눈으로 에바를 쳐다보았다. 망치로 머리라도 맞은 듯 경직된 얼굴로 한동안 말을 잇지 못했다. 에바는 침묵의 시간을 애써 유지했다. 가족 구성원으로서 책임이 작동하길 바라는 마음에서였다. 차를 한 모금 마신 에바가 입술을 깨물었다.

"그란시나는 아버지, 어머니가 다퉈도 서로 사랑하고 있다고 믿었어요. 별거한다고 했을 때 이해한다고 저에게 말했어요. 그러나 두 분은 딸인 그란시나보다 본인 감정, 개인 생활이 중요했죠? 부모로서 어떻게 이러실 수 있죠? 그란시나는 큰 걸 원하지 않았습니다. 그저 사랑받길 원했어요."

이사벨라가 울먹였다. 옆에 있던 벤자민이 티슈를 뽑아 이사벨라에게 건넸다. 그녀가 나지막하게 고맙다고 했다. 조용히 울고 있는 그녀 어깨에 벤자민이 손을 올렸다.

"선생님, 그란시나는 잘 지내고 있나요?"

"자퇴 결정하고부터 말수가 적어졌어요. 밝았던 아이가 점점 내성적으로 변해버려서 말 걸기도 난감합니다. 차가 식은 것 같은데 한 잔씩 더 드릴게요."

에바가 일어나자 벤자민이 괜찮다고 말했지만 그녀는 들은 척하지 않고 뜨거운 물을 부었다.

"교우 관계도 뛰어났고 공부에 대한 열의가 강했던 그란시나가 자퇴 얘기를 했을 때 믿지 않았어요. 설득했지만 고집을 꺾을 수 없었습니다. 모든 건 본인이 결정하는 것이니까요. 사춘기 시절 방황하는 아이 대부분은 가정 불화가 원인입니다. 전 그란시나를 도울 수 있는 일이 뭘까 고민하고 걱정했습니다. 이제 그 고민과 걱정을 두 분께 넘겨드리고 싶은데 어떠세요?"

벤자민이 고개 돌려 이사벨라를 바라보았다. 그녀는 그가 보고 있다는 것을 눈치챘지만 애써보려 하지 않았다. 그가 그녀 허벅지에 손을 올리며 나를 보라고 가볍게 흔들자 그녀는 그를 향해 고개를 돌렸다. 그리고 둘은 눈맞춤을 했고 벤자민이 에바를 향해 자세를 고쳐 앉았다.

"선생님, 알겠습니다. 그란시나에게 전해주세요. 저희 같이 살겠다고요. 오늘부터 이 사람과 같이 살도록 하겠습니다."

벤자민 말에 이사벨라의 퉁퉁 부은 눈에서 또다시 눈물이 흘러내렸다. 입술을 굳게 다문 벤자민 눈빛은 처음과 달라져 있었다. 별거 이유는 도박도 바람도 아니었다. 바쁜 일상에 서로 말이 없어지고 소원해졌기 때문이었다. 이사벨라가 눈물을 닦으며 목소리와 자세를 가다듬었다.

"선생님, 당장 어렵겠지만 좋은 모습 보여줄 수 있도록 노력하겠습니다. 그란시나가 자퇴하지 않도록 잘 부탁드립니다. 도와주세요. 정말 부끄럽습니다. 부모가 되어서……."

진심 어린 이사벨라 말을 들은 에바가 미소 지으며 차를 마셨다. 더 이상의 면담은 의미가 없다고 판단했기 때문이었다. 그란시나에게 이 사실을 빨리 알려주고 싶어진 에바가 벤자민과 이사벨라를 번갈아보며 말했다.

"면담은 여기까지 하시죠. 수고하셨습니다. 바쁘실 텐데 두 분 시간을 뺏은 것 같아 너무 송구스럽습니다"

"아닙니다. 저는 건축 사무실에 얘기해두었습니다. 이 사람도 레스토랑 지배인이니 문제없을 겁니다. 오늘 저희를 불러주셔서 감사합니다."

벤자민이 이사벨라를 위로하듯 어깨를 감쌌다. 그녀가 말 없이 그의 가슴에 고개를 묻었다. 두 명이 함께 일어나 인사했다. 에바가 그들을 따라 나갔다. 복도를 걸어가는 벤자민과 이사벨라는 손 잡고 걸어가고 있었다. 흐뭇한 표정의 에바가 그들이 사라질 때까지 지켜보았다. 테이블 위에는 마시지 않은 차와 서류가 놓여져 있었고 그란시나의 자퇴 이유가 보였다.

'아빠 엄마에게 사랑받고 싶습니다. 공부를 열심히 한다고 해서 달라질 건 없습니다. 아빠 엄마를 만나 같이 살자고 말하고 싶습니다. 가족 세 명이 함께 살 때까지 학업을 중단하겠습니다.'

2_2

출근 시간이 다 되어간다. 그는 출근 전이다. 술로 보내는 날이 많아진 그를 생각하면 마음이 아팠다. 내가 그를 위해 할 수 있는 일은 더 이상 없는 걸까? 여자친구와 헤어졌다며 그는 세상 죽은 듯 슬퍼했다. 나에게 여자 심리를 물어보기를 수십 차례. 그의 눈은 항상 부어 있었다.

"그란시나, 좋은 아침."

사무실로 들어오는 그의 목소리는 힘이 없었고 좋은 아침을 말하고 있지 않았다. 그가 캔 커피를 나에게 주었다. 회사 앞 편의점에서 사온 것이었다. 캔 커피에 그의 체온이 묻어 있었다. 그가 자리에 털썩 주저앉으며 노트북을 켰다.

"야니, 오늘 날씨 너무 화창하고 좋은데 끝나고 시원한 맥주 어때?"

"나 어제도 한잔했어."

볼멘소리로 야니가 말했다. 분명 혼자서 술 마시며 울었을 것이다. 시간이 지나면 이별의 아픔도 나아질 것이라 얘기했지만 그는 당최 믿으려 하지 않았다. 깊고 어두운 터널에서 일부러 나오지 않는 사람처럼 제자리에 주저앉아 있었다. 그는 다음 주 있을 회의 자료 준비로 바쁠 것이다. 벌써부터 엑셀 파일을 열고 하나하나 확인하고 있었다. 회의 자료는 원래 다른 직원의 몫이었지만 갑작스런 퇴사로 그가 맡게 된 것이었다. 익숙하지 않는 탓에 실수가 잦아지자 그는 팀장에게 종종 불려갔었다. 회의 준비를 할 때면 신경이 곤두서 있었다.

"야니, 맥주는 없는 걸로 한다."

"내가 싫다고 했어? 어제도 마셨다고 얘기한 것뿐이야. 저녁에 만나. 가볍게 한잔하자. 물어볼 것도 있고."

난 답을 이미 예상하고 있었다. 그는 나와 함께하는 자리를 한번도 거절한 적이 없었기 때문이다. 그는 재미있고 유쾌한 사람이었다. 그런데 리헤르와 헤어지고 나서부터 그가 웃는 것을 거의 본 적이 없었다.

"나 그 사람 포기했어. 그러니 이제 걱정 마."

회의 준비하며 그가 말했다. 나는 그 말을 믿지 않는다.

"그래. 잘했어. 원래 당신 모습 빨리 찾았으면 좋겠어."

말을 뱉고 나서야 실수했다는 생각이 머리를 스쳤다. 포기하지 말고 그녀를 기다려야 한다는 말을 그가 좋아하기 때문이었다. 회의 준비에 몰두하던 그가 조용히 일어나 사무실 밖으로 나갔다. 그를 따라 나가려고 일어설 때 전화벨이 울렸다. 에릭 영이었다.

"그란시나, 좋은 아침. 별일 없지?"

"네, 없어요."

"야니 존스 상태는 어때?"

"여전히 힘들어하고 있어요."

"힘들어한다? 어서 야니 마음에서 리헤르가 없어지길 바라야 해. 야니가 다른 일에 집중할 수 있도록 운동 같은 걸 같이해보는 건 어때? 테니스나 배드민턴 같은……."

"일단 지켜보겠습니다. 오늘 저녁에 식사할 것 같습니다."

"그래. 잘 달래주면서 리헤르를 빨리 잊도록 하는 거 잊지 마. 균형이 맞으려면 야니 마음에서 사랑을 지워야 해. 잔챙이 사랑 따위 수백 건 개입해봤자 의미 없어. 이러다가 미야쇼 자격 박탈당할지도 몰라. 그리고 미야쇼에서 함께 일할 수 있도록 야니에게 빨리 말해서 설득해. 돈맛을 보고 나면 상황이 완전히 달라질 테니까. 무슨 말인지 알지? 수고하고. 그럼."

에릭은 자기 할 말만 하고 끊었다. 내가 처음 만난 미로 여행사 본부장 에릭 영은 매너 있고 다정한 사람이었다. 그러나 그런 사람은 애초부터 존재하지 않는 가상 인물이었다. 성격 급하고 작은 실수에 화를 쉽게 내는 에릭은 돈만 아는 야비한 인간이었다. 변한 것이 아니라 원래 그런 종류 인간이었는데 내가 바보같이 속은 것이었다. 여행사 본부장이란 가면을 쓰고 배려하는 척 공손한 척하는 그를 보면 구역질이 나올 것 같았다.

회사 옥상에 올라갔다. 구석에서 야니가 담배를 피우고 있었다. 뒷모습은 쓸쓸하다 못해 슬프게 보였다. 그는 리헤르를 잊을 수 있을까? 시간이 지나면 헤어진 상대를 잊기 마련인데 그는 그녀에 대한 사랑이 오히려 깊어만 갔다. 오랜 시간 미야쇼 일을 한 에릭이 이런 놈은 처음이라고 욕을 한 적이 있었다. 에릭 욕은 심했지만 나도 이런 사람은 처음이었다. 사람을 잊는다는 건 억지로 안 되는 것임을 알고 있지만 이 정도일 줄은 몰랐다. 그는 특별한 사람이었고 나에게도 특별한 사람이 되어가고 있었다.

"야니, 왜 혼자 오고 그래. 담배 피울 때 나 데리고 가라니까."

야니가 흠칫 놀라며 뒤돌아봤다.

"언제 왔어? 회의 준비하다 보니까 답답해서 왔어. 미안해."

"뭐가 또 미안해. 맨날 미안하다, 고맙다 이제 그만하면 안 되겠어?"

야니가 담배에 불을 붙였다. 그에게 그녀 집에 한번 찾아가보라고 했지만 그가 반대했다. 불쑥 찾아가는 것은 예의가 아니라고 했다.

"야니, 내가 말 실수한 것 같아. 당신 힘들어하는 걸 보고 싶지 않아서 그런 말했어. 그래서 내가……."

"장황하게 말하지 않아도 돼. 네가 위로해주니까 나야 항상 고맙지."

긴 설명이 필요 없는 야니와의 관계. 회사에서 친하게 지내고 가끔 밥, 술 먹는 것이 전부였지만 직원들은 동료 이상의 관계라고 놀릴 때가 많았다.

"또 또. 고맙다는 말 그만하라니까. 옆자리에 앉아 일하는 동료로서 그 정도 하는 게 뭐 대단하다고 그래? 대신 맥주는 네가 사는 거야. 알았지?'

"당연히 사야지. 궁상맞게 또 울지도 모르는데 미안해서라도 내가 사야 되는 거야. 당신 얘기 들으면 없던 힘도 나더라. 하하."

오랜만에 그가 웃었다. 웃을 때 보이는 하얀 치아는 나에게 두근거림이자 행복이었다. 그와 함께하는 시간이 늘어서 기뻤고, 웃는 얼굴을 많이 볼 수 없다는 것이 슬펐다. 사무실로 내려온 그는 회의 준비에 몰두했다. 선배에게도 이것저것 물어보며 열심이었다. 팀장에게 심한 꾸중을 들은 날에도 윙크를 날려주던 그였다. 여유 넘치던 그때 그의 모습. 이젠 볼 수 없는 것일까?

2_3

손거울을 꺼냈다. 머리 스타일이 마음에 들지 않았다. 립스틱이 치아에 묻었을까 손톱은 예쁘게 정리되어 있을까 하나하나 확인했다.

"뭘 그렇게 심각하게 보고 있어?"

"어? 야니. 왔구나."

화장실에 간 야니가 생각보다 빨리 왔다. 순간 얼굴이 확 달아 올랐다. 거울을 가방에 후딱 집어넣고 메뉴 판을 야니에게 건넸다.

"그란시나, 뭐 마실까? 와인, 맥주, 샴페인, 이 집에 하이볼도 팔아. 몰랐지?"

"후후. 이미 알고 있었어. 일단 맥주 먼저 시키자."

야니가 점원을 불렀다. 그의 입술이 매끄럽게 빛났다. 얘기할 때 살짝 올라가는 입꼬리를 보면 가슴이 뛰었다. 소매를 걷어 올린 팔목, 핏줄 보이는 손, 조용히 풍기는 향수까지.

"그란시나, 당신이 예쁘고 좋은 사람이라는 걸 모르는 사람은 없어. 거울 보며 신경 쓰지 않아도 돼. 회사도 아니잖아. 나랑 있으면서 뭘 그렇게 머리를 만지고 그래."

역시나 야니가 봐 버렸던 것이다. 아무렇지도 않은 듯 그가 말했지만 큰 비밀이라도 들킨 것처럼 부끄러웠다. 손에 땀이 나 몰래 바지에 닦았다.

"보고서 마무리 잘했어?"

화제 전환하려 선택한 말이 고작 회의 자료였다. 난 항상 이런 식이었다. 회사에서는 말이 술술 잘 나오는데 그와 단둘이 밖에 나오면 매번 이러했다. 물을 마시는 그의 입술이 촉촉해졌다.

"우리 둘이 만날 때는 편하게 해. 머리가 좀 헝클어지면 어때. 보고서 준비야 맨날 하는 거니까 익숙해졌어. 그래서 오늘도 대충했어. 하하."

"알아서 잘했겠지. 맥주 왔다."

우리는 서로 눈을 마주 보며 건배를 외쳤다. 크게 한 잔 들이키자 알코올이 몸을 타고 내려갔다. 조금 전의 민망함이 날아가는 듯했다. 그가 맥주를 반이나 마셔버렸다.

"야니, 천천히 마셔. 그러다 몸 상해."

"당신과 술이 없었으면 난 버티지 못했을 거야. 잘 알면서 그래."

"이럴 때일수록 건강 관리를 잘 해야지. 그래야 그리움도 기다림도 의미가 있는 거잖아. 맨날 수척해진 상태로 있으면 너만 손해야."

야니가 고개를 끄덕였다. 맥주를 한입에 털어 넣은 그가 맥주를 주문하곤 밖으로 나갔다. 그리움이란 말에 리헤르가 떠올랐을 것이다. 그리움도 기다림도 의미가 있다는 말은 나에게 하고 싶었던 말이었다. 야니를 그리워하고 기다리고 있는 나란 여자. 오랜 시간 힘들어하는 나 자신을 위로하고 싶었다. 자리로 돌아온 그가 아무 말 없이 맥주를 마셨다. 그의 얼굴이 빨갛게 달아올랐다.

"아까 본 저녁 노을이 당신 얼굴에 다시 생겼어. 호호. 괜찮아?"

그가 입을 가리며 트림했다.

"그란시나, 이런 남자 매력 없지. 아무 데서나 트림하고."

"아냐. 맥주 먹으면 원래 그런 거니까. 내 앞에서 편하게 해."

"나는 그래서 편안한 네가 좋아."

나는 반쯤 남아 있던 맥주를 한꺼번에 마셨다. 그리고 손을 가리지 않고 있는 힘껏 트림 소리를 냈다. 옆 테이블 사람이 놀란 표정으로 나를 쳐다봐 민망했지만 그가 웃어주었기 때문에 행복했다.

"그란시나, 옆 가게로 2차 갈까? 거기 분위기 좋고 버팔로 윙이 유명해. 네가 좋아하잖아."

"기억해주시니 고마워서 고개를 들지 못하겠습니다. 야니 존스 씨."

야니가 일어나 계산하러 갔다. 언제부터 항상 그가 계산했다. 고민을 들어주는 카운슬링 대가라고 했다. 내가 계산한 적이 한 번 있었는데 불같이 화를 냈다. 나도 그가 편안하게 생각해야 계속 만날 수 있기 때문에 별다른 방법이 없었다. 가게는 5분도 채 걸리지 않는 가까운 곳에 있었다. 우리는 함께 걷기 시작했다. 그와 걷고 있으면 연인이 된 듯 행복했다. 키가 비슷하다고 옆으로 오지 말라며 장난스럽게 말하는 그의 팔짱을 끼고 싶었다. 팔을 하늘로 뻗으며 그가 얘기했다.

"나는 별이 좋아. 저 별이 사라졌는지 아직 살아 있는지 몰라. 우리가 지금 보는 별은 과거 모습이거든. 이렇게 빛날 때가 있었다며 별이 나에게 얘기하는 것 같아."

하늘을 보며 그는 로맨티스트가 되었고 로맨틱한 분위기에 나는 취해버렸다. 구름이 해를 가리고 있을 때면 해를 독차지하려는 구름의 이기심이라고 그는 말했다. 그래서 나도 가끔 구름을 볼 때면 이기적이란 생각이 들기도 했다. 가게에 도착했다. 자리에 앉기도 전에 그가 버팔로 윙을 주문하며 나를 향해 윙크했다. 리헤르가 그와 헤어진 덕분에 나는 이런 호사를 누리고 있는 것이었다. 그가 가방을 뒤적뒤적 하더니 무언가 내 놓았다. 리헤르를 위해 쓴 일기장이라고 했다. 사귀면서 그리고 헤어지고 나서 가끔씩 썼다는 일기치고는 꽤 많은 양이었다.

"이걸 리헤르 집으로 보내도 괜찮은 걸까?"

"생각 좀 해보자."

저런 정성이면 그녀는 감동할 것이다. 나는 보내라는 말이 입에서 떨어지지 않았다. 그가 읽어보라며 나에게 주었다.

"어떤 내용인지 다 알고 있어. 굳이 읽지 않아도 돼."

"맞아. 맨날 리헤르 얘기만 했으니 다 알고 있겠지."

소믈리에가 와인을 들고 왔다.

"이 와인은 2011년산으로 인시그니아라는 와인입니다. 생산자는 조셉 펠프스 빈야드이고……."

소믈리에 설명이 들리지 않았다. 그가 내놓은 일기장을 보니 멍해졌다. 리헤르를 사랑하고 있다는 건 분명 알고 있었지만 일기장을 보니 가슴이 내려 앉았다. 갑자기 그가 내 어깨에 손을 올렸다. 가슴이 뛰었다.

"설명은 듣고 있어? 이거 비싼 와인이야. 네가 가장 좋아하는 와인이라고 말한 걸 기억하고 있었거든. 어때, 마음에 들어?"

뿌듯한 얼굴로 야니가 말했다.

"이렇게 비싼 와인을 왜 시켰어? 저렴하고 맛있는 와인 많아."

또 짜증내고 말았다. 비싼 걸 왜 시켰냐는 말에 야니가 무안해했지만 그는 꼭 사고 싶었다 말했다. 사실 짜증난 것은 비싼 와인 탓이 아니었다. 일기장 때문이었다.

"마시자. 그란시나 너에게 고마운 마음을 담아 사는 거야. 넌 특별한 사람이니까."

"그래. 앞으로는 같이 상의해서 주문해. 알겠지?"

버팔로 윙이 나오자 그가 하얀 접시에 담아 나에게 먼저 주었다. 그가 나를 위해 무언가 해준다는 것은 황홀한 일이었다. 나는 놀이공원에도, 바닷가에도 함께 놀러가고 싶었지만 그는 회사 주변에서 멀리 벗어나는 걸 극도로 싫어했다. 리헤르와 함께한 시간이 마로히 지역 곳곳에 지뢰처럼 도사리고 있기 때문이었다. 그녀 때문에 나는 그와의 추억을 만들어 갈 수가 없었다. 내가 할 수 있는 일이라곤 그의 얘기를 들어주는 일뿐이었다.

"우리 그란시나가 없었으면 난 지금쯤 어떻게 되었을까? 내 괴로움 반 이상을 네가 덜어주었어. 기획팀에서 받는 도움은 말할 것도 없고……. 그깟 사랑이 뭐라고 맨날 너만 고생시키네. 미안해."

"또또또, 그런 소리. 한 잔 마시자."

와인 잔 소리가 청명하게 울렸다. 그는 와인 마실 때 항상 눈을 감았다. 지금도 어김없이 눈을 감고 있었다. 그는 무슨 생각을 하고 있는 걸까? 그의 눈 속에 내가 그려질 수만 있다면 모든 걸 내어 놓아도 아깝지 않을 것이다.

"야니, 당신이 주로 얘기하는 거 있잖아. 하늘, 구름, 별 어쩌고 하잖아."

"하하. 그거 그냥 흘려들어."

"난 적극 공감이야. 당신 표현은 남달라서 마음에 들어. 그럼 이런 얘기는 어때? 세상에는 균형이라는 것이 존재한다."

야니가 버팔로 윙을 한입 베어 물곤 우물거렸다. 와인을 마시며 냅킨으로 입을 닦았다.

"균형이라니?"

"세상에는 균형이 존재해. 플러스가 있으면 마이너스가 있고, 남자 여자, 검은색 그리고 흰색, 슬픔 기쁨, 그리고 사랑이 있으니까 이별도 있는 것이고. 세상 만물에 균형이 실제 존재한다면 믿을 거야?"

"나 위로하려고 말하는 것이구나. 이제 괜찮아. 많이 좋아졌어."

"진지하게 말하는 거야. 그런 것이 정말 존재한다면 믿을 수 있겠어?"

야니가 버팔로 윙을 내 접시에 올려 주었다. 그는 취기가 오른 듯했지만 그런 모습마저도 나는 좋았다.

"그란시나, 사랑, 이별에 균형이 있다고 했잖아. 사랑이야 누구나 하고 싶어 하는 거니까 그렇다치고. 그럼 누군가는 이별을 해야 한다는 말이야?"

나는 잔에 와인을 붓고 천천히 다 마셔버렸다. 양이 많다는 걸 알았는지 그가 커진 눈으로 놀라워했다. 나도 눈을 감고 음미하고 싶었지만 그의 모습을 더 담기 위해서는 눈을 떠야 했다. 언제 사라질지 모르니까.

"맞아. 누구나 사랑하고 싶어 하지. 모든 이가 사랑만 하게 되면 균형에 맞지 않는 일이거든. 때문에 이별은 항상 있었던 것이고 조정되어온 거야. 그 헤어짐이, 그 이별이 균형 때문에 조작된 것이라면 믿을 수 있겠어?"

심각한 표정으로 야니가 내 얼굴 가까이 다가왔다. 그의 향기가 부드러운 바람이 되어 나를 감싸고 있었다. 가슴이 쿵쾅거렸다. 긴장한 날 눈치챘는지 그가 장난스럽게 웃어댔다.

“하하. 나랑 같이 다니더니 실없는 말을 많이 하네. 미안해. 이것도 내 잘못 저것도 내 잘못. 당신에게 미안한 게 한두 가지가 아니야.”

취기가 조금 오른 듯한 그는 균형 얘기를 술자리 방담 정도로 여기고 있었다. 그가 미야쇼에서 일해 돈 벌게 된다면 금전적 여유가 생길 것이다. 그와 함께 있을 수 있는 시간이 많아지면 나에게도 좋은 것이다. 에릭이 야니와 함께 일을 하고자 하는 이유는 하나였다. 사랑 에너지가 강한 그가 돈맛을 알게 되면 사랑보다 돈에 집착하게 된다는 것이었다. 그것이 반복되면 야니의 사랑 에너지가 약해져 균형이 맞춰진다고 생각하고 있었다. 수치 낮은 수많은 사랑에 개입하지 않아도 된다는 의미이기도 했다.

그의 에너지는 수천 명, 아니 그 이상 힘을 가지고 있었다. 에릭이 그에 대해 가장 우려하는 것은 사랑 힘이 가장 강한 ‘카오’가 될 가능성이 있다는 것이었다. 카오가 되는 순간 심각한 불균형을 초래하기 때문에 미야쇼 상부에서도 야니를 예의주시 하고 있었다. 야니와 리헤르가 헤어졌지만 전혀 먹히지 않자 미야쇼로 끌어들여 돈맛을 보게 한다는 계획이었다. 나는 야니가 그 무엇이 되든 상관하고 싶지 않았다. 그와 함께하는 시간이 늘어난 것만으로 기뻤다. 나는 지금 행복하다. 나는 그에게 소중한 존재가 되고 싶을 뿐이다.

2_4

침대에 꺼내 놓은 옷이 한가득이었다. 어떤 옷을 입으면 좋을지 30분 이상 고민했다. 원피스를 입을지 라인이 드러나는 바지를 입을지 선택하지 못하고 있었다. 시간이 꽤 지나버렸다. 야니보다 빨리 미야쇼 사무실에 도착하기 위해 급히 출발했다. 미야쇼 사무실 앞 세븐 일레븐에서 캔 커피를 샀다. 야니가 지각할 것 같아 걱정되었다. 전화하니 다행히 회사 앞 횡단보도였다. 예상보다 빨리 도착한 것 같아 안심되었다. 2층에서 도톰보와 함께 야니를 기다렸다.

도착한 그의 표정이 밝지 않았다. 첫 코메디토가 있는 날인데 퉁명하게 있는 그를 보니 내 기분도 가라 앉았다. 그에게 캔 커피를 건네며 위로하려 했지만 건조한 대답만 되돌아왔다. 그가 미야쇼를 그만둘 것처럼 얘기했다. 나는 또 그의 아들과 돈얘기를 꺼내 버렸다. 말실수였다. 그를 화나게 하고 싶지 않은데 같은 실수만 반복하는 내가 답답했다. 돈돈돈. 그것이면 된다는 나란 여자는 돈에 미친 미물에 불과했다.

도톰보가 디씨마 방으로 들어갔다. 나는 야니에게 좋다고 말했지만 그는 동료로서 아낀다는 의미로 받아들인 것 같았다. 다시 제대로 말하고 싶었다. 기회가 없을 것 같았기 때문이었다. 고백하려고 마음먹은 찰나 도톰보가 예상보다 빨리 방에서 나와 버렸다. 빌어먹을! 도톰보가 슬림하고 잘생긴 남자로 변해서 나오자 야니가 배를 잡고 웃었다. 나도 따라서 웃었지만 가슴이 터질 것 같았다. 오늘 코메디토 끝난 후 고백해야겠다 마음먹었다.

천천히 일어났다. 쿵쾅거리는 심장을 부여잡고 디씨마 방문을 열었다. 뒤에서 그가 보고 있다는 생각이 들었다. 머릿결, 허리 라인, 아니면 엉덩이, 엉킨 마음을 추스르고 문을 닫았다. 거울 앞에 서서 크게 심호흡하며 목걸이 닛이 있는지 확인했다. 다시 한번 심호흡을 크게 했다. 그때 거울 옆 방문이 열렸다. 순간 놀라 비명을 지를 뻔했다. 에릭이 서 있었다.

"그란시나. 지금 설명할 시간이 없어. 계획이 변경되었어. 너를 대신해 그 임무는 내가 하게 될 거야. 당신은 오늘 커루할 필요 없어."

"네? 계획이 바뀌었다고요?"

"오늘 아침에 급작스럽게 바뀐 거야. 그러니까 옆방에 들어가서 대기해."

"사전에 알려줘야 제가……."

"시간 없다니까. 그리고 누구에게도 말해선 안 돼. 야니는 물론이고 도톰보에게도 말하면 안 되는 거야. 알겠지? 미야쇼 상부 지시야."

에릭이 시간 없다며 조용히 소리쳤다. 어리둥절했다. 코메디토 당일 지시가 바뀌거나 한 적은 한번도 없었다. 동료에게 발설하지 말라는 것도 이해할 수 없었다. 미야쇼 내 모든 정보는 공유하도록 되어 있기 때문이었다.

"내가 나가고 야니가 들어오더라도 모른 척 숨어 있어야 해. 말하면 안 돼. 이번 일 끝나면 너에게 지급되는 돈은 두 배가 될 거야. 일하지 않고 돈을 두 배로 받다니 넌 운이 좋단 말이지. 시간 없어! 어서 나와!"

에릭이 팔을 잡아당겼고 나는 힘없이 거울 앞에서 끌려 나왔다. 그가 빨리 들어가라며 옆 방문으로 나를 밀쳤다. 엉겁결에 방으로 밀려들어간 나는 심각한 에릭 얼굴을 보며 방문을 닫았다. 그가 커루를 하고 나간 뒤 야니가 디씨마 방에 들어오는 소리가 들렸다. 터질 듯 뛰고 있는 심장을 부여잡고 나는 아무것도 할 수 없었다. 순식간에 벌어진 일이었고 리더인 에릭 지시에 따라야 하는 것이 미야쇼 룰이었다. 하지만 야니, 도톰보에게 함구하라는 그의 말이 미심쩍었다.

그들이 사무실을 빠져 나간 것을 확인하고 디씨마 방을 나왔다. 에릭 책상으로 가 서랍을 뒤지기 시작했다. 미야쇼 지시사항을 찾기 위해서였다. 책상 왼쪽 하단 서랍은 비밀번호로 잠겨 있었다. 비밀번호는 이미 알고 있었지만 한 번도 열어본 적은 없었다. 서랍을 열자 철로 된 큰 상자가 있었다. 상자 안에는 수많은 메모와 자료, USB, 사진이 있었다. 하나하나 읽어 나갔다. 손에 땀이 나기 시작했다. 에릭이 나와 임무 교대를 한 이유를 알게 되었다. 팔과 어깨가 떨려왔고 허벅지는 감전이 된 듯 서 있기조차 힘들었다. 나는 상자에 있던 모든 자료를 가방에 넣고 사무실을 급히 나섰다.

2-5

주차장에 뛰어내려갔다. 차에 올라 시동을 걸었다. 누군가에게 전화하려 했지만 손이 떨려 잘 눌러 지지 않았다. 한 번도 전화해본 적 없는 사람이었다. 오래전 야니가 자신에게 문제가 생기게 되면 먼저 연락하라고 했던 사람이었다. 집 전화, 휴대폰, 주소가 저장되어 있었다. 휴대폰이 꺼져 있어 집으로 전화를 했다.

"여보세요."

"처음 인사 드립니다, 리헤르 씨."

"누구시죠?"

"저는 쿡앤 기획팀에서 일하고 있는 그란시나 알렌이라고 합니다. 지금 통화 괜찮으세요?"

"제가 지금 좀 바쁜 일이 있어서요. 다음에 통화를 하고 싶습니다만."

"리헤르 씨. 지금 그랑비나 호텔로 가려고 하고 있죠? 다 알고 있습니다."

그녀에게 하나부터 열까지 자세하게 설명하고 싶었다. 그러나 촌각을 다투는 상황에서 설명과 설득은 의미가 없었다.

"그걸 어떻게……."

"시간 없어요! 리헤르 씨, 지금 어디에요?"

"집으로 전화하셨으니까 저는 집에 있어요. 실례지만……."

"제가 리헤르 씨 집으로 가고 있어요. 출발하지 말고 집에 있어야 합니다. 꼭 약속해주세요, 네?"

나는 집으로 전화한 사실도 잊고 있었다. 그녀 집주소를 내비게이션에 입력하고 액셀을 밟았다. 그녀는 그리 멀지 않은 곳에 살고 있었다. 그녀가 의아한 듯 조용히 말했다.

"제가 호텔에 가는 걸 어떻게 알았죠? 그리고……."

나는 친절하게 설명할 여유가 없었다. 야니가 떠오르자 무슨 수라도 써야겠다는 결심이 섰다.

"리헤르 씨, 잘 들으세요! 당신과 반년 전 헤어진 야니 존스. 기억나요? 당신이 매몰차게 차버린 남자! 벌써 잊은 건 아니죠? 그가 오늘 위험해요. 내 말 듣고 집에 그대로 있어야 해요. 저를 기다리세요. 곧 도착해요. 이건 부탁이 아니라 협박입니다! 사람 목숨이 달려 있단 말이에요!"

나는 소리쳤다. 야니 이름을 말할 때 눈물이 났지만 싸구려 감성에 젖을 시간도 없었다. 가슴은 떨렸고 북받쳐 올랐지만 참을 수밖에 없었다.

"빨리 말해요! 제가 호텔에 가서 해결하지 않으면 야니가 죽어요! 저를 믿고 제발 기다려요. 부탁입니다. 제발 부탁합니다. 제발요. 흑흑."

갑자기 터진 눈물이 양 볼을 타고 흘러내렸다. 앞이 잘 보이지 않았다. 느껴지는 대로 생각나는 대로 말해버렸다. 입술이 파르르 떨렸고 허벅지도 후들후들 떨려 왔다.

"일단 알겠어요. 맨션 현관 앞에서 기다리겠습니다."

리헤르가 조용히 말했다.

"너무 감사해요. 고맙습니다. 곧 도착해요. 감사합니다."

전화를 끊고 눈물을 급히 닦았다. 나는 신호를 무시하고 액셀을 최대한 밟았다. 리헤르 집으로 달리고 달렸다. 야니가 알려준 대로 일본식 덮밥 가게를 끼고 돌자 오르막길이 나왔다. 언덕 끝에 리헤르가 서 있었다. 굉음을 내며 올라갔다. 차를 돌릴 여유도 없었다.

"전화한 그란시나 알렌이라고 합니다. 야니 직장 동료입니다."

어깨까지 내려오는 갈색 머리에 분홍빛 입술, 큰 눈망울. 오른쪽 눈망울의 검은 점. 야니가 지겹게 설명했던 리헤르가 내 앞에 서 있었다. 그녀는 차분한 표정이었지만 의심하는 눈빛을 풀지 않았다.

"제가 오늘 그랑비나 호텔에 가는 것을 어떻게 알았죠?"

같은 질문의 연속이었다. 어떻게 알게 되었는지 그녀에게 말해야 했다. 그러나 모든 걸 설명하기엔 시간이 부족했다. 무작정 시간 없다고, 호텔에 가면 안 된다고 할 수 없었다.

"야니는 지금도 여전히 리헤르 씨 당신을 사랑하고 있어요."

야니 감정을 말하고 싶지 않았지만 이것이 최선이라 생각했다.

"다시 여쭤보겠습니다. 제가 오늘 호텔로 간다는 사실을 어떻게 알았죠?"

재차 이어진 그녀 질문에 머릿속이 복잡해졌다. 어디서부터 설명을 해야 할지 답답해 왔다. 손에서 땀이 났다. 이것저것 따질 시간이 없었다.

"야니는 헤어지고 나서도 리헤르 당신만 생각했어요. 당신만 그리워한 사람입니다. 매일 당신을 위해 일기 썼어요. 그 일기를 줘야 할지 저와 상의도 했어요."

남의 사랑 얘기하며 눈물 고인 내가 주책스럽게 느껴졌다. 정신없이 말을 이어갔다.

"헤어진 이유 따윈 묻고 싶은 생각 없어요. 한때 사랑했던 사람인데 어찌 이렇게 냉정할 수 있죠? 시간 없어요. 내가 직접 호텔에 가서 야니 죽음을 막아야 합니다. 부탁해요."

리헤르와 이별로 수많은 날 힘겹게 보낸 야니를 떠올렸다. 그녀가 내 눈을 응시했다. 나는 그를 구하기 위해 뭐든지 해야 했다. 손은 땀으로 흥건했고 터질 것 같은 심장이 요동치고 있었다.

"리헤르 씨, 제가 타고 온 차를 여기에 두고 갈게요. 신분증부터 모든 것을 맡기고 가겠습니다. 차 키는…….”

“아빠를 자살하게 만든 사람이 곧 호텔에 옵니다. 오늘 저에게 마지막 기회입니다.”

담담한 표정으로 일관하던 그녀 얼굴이 일그러졌다. 고개를 떨구고 울기 시작했다.

“리헤르 씨, 그 남자 제라드 스미스 맞죠? 그 사람 가짜입니다! 모든 게 조작 되었어요. 믿어주세요. 설명은 나중에 할게요. 시간이 없어요! 네?”

리헤르 손을 잡고 애원했다. 야니 얼굴이 떠오르자 또 눈물이 났다. 나는 이런 느낌을 한 번도 경험한 적이 없었다. 내 머릿속은 온통 그로 가득 차 있었다. 갑자기 리헤르가 내 눈물을 닦아 주었다. 그녀 손은 따뜻했다.

“리헤르 씨, 시간 없어요. 제가 온 이유는 또 있어요. 당신 얼굴을 자세히 봐야 제가 리헤르 씨로 변할 수 있어요. 믿기지 않겠지만 설명은 나중에 할게요. 제 차를 타고 갈 수 없으니까 먼저 택시 호출할게요.”

정신없이 말하며 택시를 호출했다. 근처 대기하는 택시가 있다고 했다. 그녀에게 내 가방을 건넸다. 믿어달라는 의미였다. 그녀가 자신이 들고 나온 가방을 나에게 주었다.

“가지고 가세요. 쓸모 있을 겁니다. 저는 집에서 기다리겠습니다. 연락주세요.”

택시가 도착했다. 나는 인사도 못한 채 택시 문을 열었다. 빠르게 선글라스를 착용했다. 택시에서 리헤르로 변해야 하기 때문이었다. 그녀가 다가와 조용히 말했다.

"야니 만나면 꼭 말해주세요. 저도 사랑한다고요. 그가 죽으면 절대 안 됩니다. 지금 상황이 이해 안 가고 혼란스럽지만 그를 살려 주세요. 부탁합니다. 부탁합니다."

리헤르가 내 손을 잡았다. 그녀가 떨고 있었다. 나는 그녀를 꼭 안았다. 잠시였지만 우리는 함께 울었다. 한 남자를 위해 함께 울었다.

"저를 믿으세요."

눈물 훔칠 시간도 없었다. 짤막하게 대답하고 택시에 몸을 실었다. 내 오른쪽 어깨는 리헤르가 흘린 눈물이 번져 있었다. 그녀가 준 가방에는 22구경 리벌버 권총이 들어 있었다. 운전기사 뒷자리로 조용히 자리를 옮겼다. 고개를 숙이고 목에 걸린 닛을 만지며 리헤르를 떠올렸다. 눈물을 닦아준 따뜻했던 손과 얼굴을 생각했다. 나는 리헤르로 바뀌었고 선글라스를 벗었다.

2_6

얼마 가지 않아 호텔이 보이기 시작했다. 조금만 더 가면 현관에 야니가 있을 것이다. 택시 기사에게 100달러 팁을 줬다. 노년의 운전 기사가 감사하다며 몇 번씩이나 인사를 했다. 호텔 도어맨이 택시 문을 열었고 둘러보았지만 야니는 없었다.

"어서 오십시오. 그랑비나 호텔입니다."

도어맨에게 가볍게 인사했지만 현관에 야니가 없다는 것을 확신했다.

"지하 주차장 입구 쪽으로 가려고 하는데 어디로 가야 하죠?"

"지하 주차장 입구는 우측에 있습니다."

도어맨 말이 끝나기가 무섭게 주차장으로 뛰었다. 가쁜 숨을 몰아쉬며 도착했지만 에릭은 보이지 않았다. 이곳은 지하 주차장으로 내려가는 통로 뒤편이었다. 지하 주차장 입구에서는 이곳이 잘 보이지 않는 곳이었다. 주변을 살펴보았다. 꽃으로 단장한 리무진이 보였고 다른 차는 보이지 않았다. 그때 지하 주차장에서 걸어 나오는 뚱뚱한 남성이 있었다. 뒤뚱뒤뚱 걷고 있었지만 목걸이가 보였다. 닛이 분명했다. 그는 에릭이었다. 나를 보자마자 놀란 듯 오던 걸음을 멈추었다.

"실례지만 어떤 일로 오셨나요?"

에릭이 호텔 직원인 것처럼 말했다.

"제라드 스미스, 당신 죄를 빌어!"

난 선글라스를 벗었다. 에릭이 내 얼굴을 보고 히죽거리기 시작했다. 리헤르를 호텔에 유인한 것을 자축이라도 하듯 흥얼거리기까지 했다.

"나 때문에 자살했다는 사람 딸이구나. 사기 쳐서 미안해. 나도 먹고살아야 했으니까 어쩔 수 없었어."

표독스럽게 웃고 있는 에릭은 악마였고 덫을 놓고 기다린 비열한 인간이었다.

"빌어먹을 인간!"

"아버지가 자살한 것은 미안하게 되었어. 사기당한 인간들? 종잡아 50명 넘어. 그 사람들 지금도 살아 있거든. 너 아버지만 자살한 거야. 알아? 그러게 왜 자살을 해. 사기당한 자신을 원망하며 살면 되는 건데 말이야. 너처럼 예쁜 딸을 두고 자살을 해? 부모 자격이 없는 거야. 아버지가 책임감이 있어야지 죽긴 왜 죽어?"

에릭은 리헤르로 변해 있는 나에게 거친 말을 쏟아냈다. 미로 여행사 본부장 시절부터 보아온 모습 중 가장 추하고 더러웠다. 뚱뚱한 50대 아저씨로 변해 있었지만 나는 에릭의 모습이 보였다. 그가 무전을 하려 했다. 야니를 이곳으로 유인하려는 것이었다. 나는 가방에 손을 집어넣었다.

"제라드, 그만해. 이제 이쯤에서 끝내."

에릭은 어이가 없다는 듯 콧방귀를 뀌며 매서운 눈으로 나를 노려보았다.

"이쯤에서 끝내자고? 날 죽이게? 가방에서 총 꺼내려고 하는 거 알아. 하하."

"그만해주면 안 되겠어? 용서해줄게. 그냥 돌아가. 정말 용서할 테니 여기서 그만하자고."

"그런 소리 집어쳐. 넌 제라드 스미스가 호텔에 나타난다는 걸 알고 있었지? 나를 죽이려 온 거 알아. 제라드가 이곳에 온다는 편지 그거 내가 보낸 거야. 하하. 내가 호텔에 온다고 내가 편지를 쓴거라고. 무슨 말인지 모르겠지? 설명해봤자 말만 길어지고 의미 없어. 사랑에 약해빠진 것들이 뭘 알기나 알겠어?"

리헤르는 에릭이 보낸 가짜 편지를 읽고 아버지 복수를 위해 호텔에 올 수 밖에 없었던 것이다. 그녀 마음을 이용한 에릭의 추잡한 수작이었다. 그리고 야니를 죽이기 위한 계획은 예전부터 진행되고 있었다. 얼마 전 야니 목걸이가 검은색으로 변해버렸다. 그것은 키오라이마 최상위 카오가 되었다는 의미였다. 에릭 메모에 야니가 죽어야 균형이 맞춰진다고 적혀 있었다. 수천 명 헤어지게 하는 것보다 카오 한 명을 죽이는 편이 훨씬 쉬운 방법이었던 것이다. 살인을 미야쇼 상부에서 지시했다는 사실이 믿기지 않았다. 사람 목숨을 제물로 균형을 맞추려는 것은 있을 수 없는 일이었다. 에릭이 리헤르를 호텔로 유인한 것은 야니의 죽음을 포장하기 위해서였다. 에릭이 야니를 살해하고 에릭 목걸이를 야니 몸에 집어 넣는다. 죽은 야니는 제라드 스미스로 변한다. 아버지 복수를 하러 온 리헤르가 범인이다. 이것이 에릭의 메모에서 나온 그의 최종 시나리오였던 것이다.

나는 총을 꺼내야 할지 판단이 서지 않았다. 에릭을 위협해서 야니 살해 계획을 멈추도록 해야 했지만 어떻게 해야 할지 갈피를 잡지 못하고 있었다. 자칫 사고가 나면 리헤르가 죄를 뒤집어 쓰기 때문이었다. 나는 지금 그란시나가 아닌 리헤르였다. 망설여졌다. 손이 덜덜 떨려왔다.

“저기 말이야. 사격 연습장 다녔다고 어설프게 그 손 빼는 순간 내가 널 죽일 수도 있어. 미안하지만 야니는 죽어야 해. 카오가 된 괴물 같은 놈. 내가 이럴 줄 알았어. 그놈은 돈으로 마음 변할 인간이 아니었어.”

에릭이 순식간에 권총을 꺼냈다. 총구가 나를 향했다. 나는 움찔했고 뒤로 물러났다. 태어나 처음으로 총 앞에 서 있는 상황을 맞이하자 다리가 후들거렸다.

"리헤르 킴, 거기서 한발짝도 움직이지 마. 내가 야니를 무전으로 부를 거야. 그 괴물이 널 보면 깜짝 놀라겠지. 흐흐."

나는 야니를 떠올렸다. 그를 위해 지금 내가 할 수 있는 일을 생각했다. 어쩌면 내가 할 수 있는 일은 이미 정해져 있었다.

"야니를 죽이지 마세요. 차라리 저를 죽이세요."

나는 가방을 놓고 무릎을 꿇었다.

"오호, 사랑하는 사람을 위해 네가 죽겠다? 사랑이 최고라 믿는 것들은 제정신인 사람이 없어. 넌 죽어도 무의미해. 야니 그놈이 죽어야 균형이 맞춰지거든. 너 가방에 22구경 리벌버가 있지? 나도 같은 총이야. 왜냐면 네가 범인이 되어야 하기 때문이지. 가방에 손 넣을 생각 마. 내 총에서 불을 뿜을 테니까."

"그를 죽이지 마세요. 저는 야니를 사랑합니다. 부탁합니다. 제발요."

진심으로 에릭에게 말했다. 나는 리헤르가 아닌 그란시나로서 사랑한다 말했다.

"사랑? 그깟 사랑에 목숨을 걸어? 미친 놈들."

에릭이 나를 향해 천천히 다가왔다. 먹이를 노리고 조용히 전진하는 뱀처럼 탐욕스런 혀를 날름거렸다. 겁이 나지 않았다. 야니를 지키기 위해서 한 발도 물러 날 수 없었다.

"야니 이 괴물 같은 놈! 최상위 카오가 되어버렸어. 그 괴물은 죽어야 해. 살려둘 수 없어. 균형이 맞으려면 괴물은 사라져야 해. 너도 죽여줄까? 오히려 잘 되었군. 너도 죽어주면 완벽한 복수극이 되겠어. 아버지 원한을 갚으려던 딸도 총격으로 죽었다? 어때. 완벽하지? 하하하."

"괴물? 그 더러운 입 함부로 놀리지 마. 사람 죽여서 그깟 균형인지 뭔지 맞춰야 하는 거야? 카오가 되면 다 죽어야 해? 진정한 사랑을 하는 사람은 죽어야 하냐고! 그게 죽을 죄야? 너는 진정한 사랑해 봤어? 괴물은 야니가 아니라 당신이야!"

나는 소리쳤다. 지금까지 미야쇼에서 한 일이 떠올랐다. 균형이라는 명분으로 일면식도 없는 사람들을 이별시켰다. 그 대가로 돈을 받았고 부족함 없이 지내 왔다. 타인을 고통 속으로 밀어 넣고 벌어들인 돈으로 나는 행복하게 살아왔다. 에릭이 말한 괴물은 야니가 아니라 나였다.

"손들어! 움직이면 쏜다!"

주차장으로 들어오던 호텔 경비가 에릭을 향해 총을 겨누었다. 에릭이 경비를 향해 고개만 돌리고 움직이지 않고 있었다. 경비를 쳐다보는 에릭 눈빛이 흔들렸다.

"천천히 바닥에 총 내려!"

경고하는 경비 목소리에 에릭 표정이 일그러졌다. 총을 든 손이 바닥으로 천천히 향했고 경비가 다시 경고했다.

"그대로 천천히 바닥에 총 내려!"

에릭이 나지막이 말했다.

"제기랄. 이러면 안 되는데."

경비가 에릭을 향해 다가가고 있었다. 에릭이 나를 째려보며 총을 천천히 내려놓고 있었다. 그때 내 휴대폰이 울렸다. 소리에 놀란 경비가 나를 보며 움찔했고 이 틈을 놓치지 않고 에릭이 경비를 향해 총을 발사했다.

"탕!"

경비가 쓰러졌다. 에릭이 경비를 향해 총을 겨누며 빠르게 다가갔다. 그는 내가 있다는 사실도 잊은 듯 보였다. 나는 주차장 반대 방향으로 일어나 뛰기 시작했다. 총을 꺼냈지만 돌아서서 겨눌 용기가 나지 않았다. 무작정 뛰었다. 그가 총을 쏠 수 있다는 두려움과 공포를 온몸으로 느꼈다. 죽을 수 있다는 무서움에 사로잡혀 정신없이 뛰고 또 뛰었다. 호텔 앞 산기슭 옆으로 들어갔다. 그리고 어디를 향해 가는지도 모른 채 내달렸다. 그저 호텔에서 멀어져야 한다고 생각했다. 가쁜 숨을 몰아쉬며 인도에 내려와 다시 뛰었다. 길 건너편으로 무단횡단해서 건물 옆 골목으로 들어갔다. 그러고는 바닥에 주저앉았다.

거친 숨을 몰아 쉬자 머리가 어지러워졌다. 내가 있는 이곳이 어디인지도 구분이 가지 않았다. 숨이 안정되자 야니가 어떻게 되었을지 걱정되기 시작했다. 그렇다고 호텔로 다시 갈 수도 없었다. 총격으로 인해 난리가 났을 것이다.

야니와 나를 대신해 경비가 죽은 것이었다. 벨소리가 아니었다면 분명 에릭을 제압했을 것이다. 의미를 알 수 없는 눈물이 쏟아졌다.

죽음 문턱에서 벗어났다는 안도감인지 경비에 대한 죄책감인지 분간이 가지 않았다. 한참을 울다 겨우 정신을 차리고 리헤르에게 전화 걸었다. 내 차를 운전해서 집으로 오라고 했다. 야니는 살아 있다 말했지만 확신할 수 없었다. 나는 옆 건물 화장실에서 내 모습으로 돌아온 뒤 택시를 탔다.

2_7

집에 도착했다. 리헤르가 기다리고 있었다. 그녀 눈망울이 그렁그렁해 있었다. 그녀가 궁금해하는 건 묻지 않아도 알 수 있었다.

"야니 걱정 마세요. 들어가서 얘기해요. 차 키 주세요. 서류를 꺼내 와야 해서요."

"그렇지 않아도 챙겨 왔어요."

"고마워요. 제 집에 오래 머무를 수 없어요. 누가 찾아올 수 있거든요. 빨리 정리하고 여길 나가야 해요."

엘리베이터를 타고 올라갔다. 서로 아무 말 하지 않았다. 나와 그녀가 생각하는 사람은 같은 인물임에 틀림 없었다. 현관 문을 열었다. 그녀에게 소파에 앉으라고 말한 후 자켓을 벗고 손을 씻었다. 그녀에게 모든 걸 설명해야 했지만 당장 그러고 싶진 않았다. 미야쇼를 믿어줄 것인지는 상관없었다. 야니가 괴로워했던 시간, 여전히 사랑하고 있다는 것을 내 입으로 다시 말하고 싶지 않았기 때문이다. 따뜻한 차를 내어 왔지만 그녀는 마시지 않고 묵묵히 있었다. 핏기 없는 그녀 얼굴은 지금까지 마음 고생을 말해주고 있었다.

"먹을 거라도 좀 내어 올까요?"

그녀가 고갤 가로저으며 괜찮다고 했다. 호텔 일이 어떻게 끝났는지 야니가 정말 무사한 것인지 그녀는 궁금해하고 있을 것이다. 미야쇼 사무실에서 훔쳐온 자료를 가방에서 꺼냈다. 에릭 메모, 지시 내용, USB, 사진이 있었다. USB를 연결하자 경찰, 병원, 은행, 호텔 관계자와 내통한 기록이 있었다. 알 수 없는 사람과 주고 받은 메시지와 여타 기록, 주고 받은 돈의 흐름이 자세하게 나와 있었다. 리헤르가 결백을 주장해도 야니를 죽인 범인이 될 수밖에 없는 이유까지 적혀 있었다.

문제는 의미를 알 수 없는 사진 세 장이었다. 산 입구와 산속 위치를 보여주는 것 같았다. 사진 뒤에는 토로네라고 적혀 있었다. 토로네는 야니가 살고 있는 곳이기도 했다. 모든 자료를 꼼꼼히 읽어가며 확인하자 엉켜 있던 퍼즐 조각이 서서히 맞춰졌다. 메모에는 괴물이라는 단어가 많이 보였다. 야니를 두고 하는 말이었다. 괴물 성장을 막기 위해 쓰여진 또 다른 괴물은 나였다. 나는 스스로가 괴물이라는 사실도 모른 채 지금껏 살아온 것이다. 리헤르에게 모든 걸 설명하기 전에 할 일이 생겼다. 에릭에게 전화를 해야 했다.

"에릭, 나에요. 그란시나."

"그란시나, 오늘 아침에는 미안했어. 갑자기 일정이 변경되어서 말이지. 나도 정신없고 해서 화내고 말았어. 이해하지?"

예상했던 것보다 에릭은 차분한 듯 느껴졌다. 그것이 연기라는 것쯤 알고 있었다.

"코메디토 잘 끝났어요?"

"성공했는데 호텔에서 총격으로 어떤 사람이 사망했어."

"네? 사람이 죽었다고요? 야니와 도톰보는 괜찮아요?"

아무것도 모르는 척 놀라워하며 소리쳤다.

"우리와 상관없는 일이지만 문제가 생길 수도 있어서 당분간 미야쇼 활동은 하지 않기로 했어. 미야쇼 상부에 이미 보고 했으니까 걱정 마. 야니, 도톰보 우리 모두 서로에게 연락하면 안 돼. 경찰이 추적할 수 있으니까. 그런데 그란시나 오늘 어디에 있었어?"

나는 에릭 질문 의미를 알고 있었다. 나를 의심하고 있는 것이었다.

"집에 있었어요. 조금 전 일어났어요."

"알았어. 어쨌든 서로 연락하지 말아야 해. 경찰, 호텔에 내 라인이 있거든. 크게 걱정할 일은 아니지만 내가 연락하기 전까지 절대 서로 연락하면 안 돼. 알았지?"

"잠잠해지면 그때 저에게 먼저 연락을 주세요. 돈은 두배로 주는 건 확실하죠?"

"당연하지. 약속이니까. 걱정하지 말고 기다려. 돈은 내일 입금될 거니까 확인해 봐. 그럼."

에릭 속마음을 알 수 없었지만 나를 의심하는 것 같지 않았다. 다행이었지만 독사 같은 인간이 어떤 일을 꾸밀지 걱정되었다. 장기간 준비한 계획이 물거품 되었으니 패닉이 왔을 터였다. 야니가 걱정되었다. 다른 지역 미야쇼 요원이 그를 가만히 내버려두진 않을 것이다. 그들도 균형이라는 명분으로 야니를 죽이려 올 것이다. 카오가 살아 있다는 소식이 미야쇼 전체에 퍼지려면 일주일 정도 걸린다. 아직 시간은 있었다.

리헤르는 한곳만 응시하며 말없이 앉아 있었다. 에릭과 전화를 끊고 난 후 어지럽기 시작했다. 하기 싫은 일에 집중하면 어김없이 찾아 오는 현기증이었다.

"이제 말해주세요. 어떻게 제가 호텔에 간다는 것을 알게 되었어요? 야니가 죽을 수 있다고 했잖아요. 모든 걸 얘기해주세요."

작은 목소리였지만 그녀는 또박또박 말했다.

"그리고 저는 원래 그란시나 씨 알고 있었어요. 야니가 말해주었죠. 저에게 시시콜콜한 얘기까지 다 했어요. 회사 얘기할 때 그란시나 씨 이름은 빠진 적이 없었어요."

급박한 상황에서도 나를 믿어준 이유를 알게 되었다.

"저에 대해서 뭐라고 하던가요?"

나는 식어버린 차를 마시며 물었다.

"좋은 사람이라 얘기했어요. 저에게 꼭 소개해주겠다고 했거든요. 그리고 어서 설명해주세요. 야니가 죽을 수 있다고 말씀하신 이유가 뭔가요?"

"좋은 사람이라……."

좋은 사람이란 이성적 상대가 아니라는 말이었다. 고맙다, 미안하다, 괜찮은 사람이라고 그는 나에게 버릇처럼 말했다.

"그란시나 씨, 야니에게 무슨 일이라도 생긴 건가요?"

"네?"

"야니 살아 있죠?"

"살아 있습니다. 그들이 계획했던 대로 되지 않았어요. 호텔 주차장에서 사고가 있었지만 걱정하지 마세요."

"그들은 뭐고 사고는 무슨 말인지 알려 주세요."

미야쇼, 키오라이마, 목걸이 닛, 살인 계획까지 모든 걸 설명해야 했다.

"리헤르 씨, 당분간 휴대폰 전원을 꺼두세요. 저를 믿고 지금부터 제가 하는 얘기 잘 들으세요."

나는 빠짐없이 설명했고 리헤르 질문에도 답해 주었다. 그녀는 처음부터 끝까지 진지하게 들어주었다. 야니가 당신을 여전히 사랑하고 있다고 했을 때 울먹였다. 위스토리 레스토랑 얘기할 때는 소리 내어 울었다. 그곳은 야니와 리헤르가 처음 만났던 곳이자 헤어진 곳이었다. 손수건을 건넸다. 그녀가 고맙다고 말하며 눈물을 닦았다.

"리헤르 씨는 인공 눈물이 필요 없을 것 같아요. 눈물이 이렇게 많으니까."

충혈된 눈으로 그녀가 웃었다. 여자인 내가 봐도 다소곳하고 아름다웠다. 안정된 말투에 차분함을 항상 유지하고 있었다. 나와 태생 자체가 다른 사람이었다.

"왜 갑자기 헤어지자고 한 거에요?"

"아……."

리헤르는 그날이 떠오른 듯 고개를 떨구었다.

"집에 편지가 왔어요. 사기를 당한 피해자라고 하면서 저에게 정보를 주겠다고 했어요. 제라드 스미스 행방을 찾았다고 적혀 있었죠. 처음에는 장난치는 것이라 생각했지만 제라드 사진까지 보내 왔어요. 그래서 점점 믿음이 갔죠."

그녀는 몹시 후회하는 표정이었다.

"확인되지 않은 사람 편지를 믿은 제가 어리석었어요. 아버지를 향한 그리움 때문에 맹목적으로 믿기 시작했던 것 같아요. 복수를 하고 싶었죠. 제라드 스미스가 마로히에 오는 정확한 정보가 입수되면 다시 연락하겠다고 했어요."

리헤르가 차를 마셨다. 뻣뻣하게 갈라진 입술이 촉촉해지자 빨간 입술이 드러났다.

"언제부터 편지가 오기 시작했어요?"

"제가 야니와 헤어지기 두 달 전부터 였어요. 헤어지던 날 받은 편지에 제라드 스미스가 그랑비나 호텔로 온다고 적혀 있었죠. 언제 오는지 정확한 날짜는 없었어요. 그저 준비하고 있으라고 하더라고요. 당장 다음 날이 될 수도 있다고 하면서요. 야니를 위해서 헤어질 수밖에 없었어요. 살인한 사람의 남자라는 오명을 씌우고 싶지 않았어요."

리헤르가 차분하게 그날 기억을 소환했다. 그녀도 야니를 사랑하고 걱정했던 것이다. 그녀는 헤어진 후 엄청난 고통을 받았고 매일 울었다고 했다.

"단칼에 헤어지자고 했어요. 그가 헤어지는 이유라도 알려달라고 했어요. 제 입에서 나온 핑계가 뭔지 아세요? '당신이 자상하지 않아서 헤어지는 거야.'라는 황당한 이유를 댔죠. 야니는 그저 미안하다고 했어요. 앞으로 더 잘하겠다고 빌면서 매달렸어요. 저는 그때 가슴이 송두리째 뽑히는 느낌을 받았어요."

차를 더 가지고 오겠다고 하고 자리에서 일어났다. 부엌에서 재스민 차를 가져와 뜨거운 물을 부었다. 그녀 얼굴이 조금 밝아졌다.

"아버지가 좋아하던 재스민이네요. 저도 무척 좋아해요."

"저도 알고 있어요. 그래서 내어드린 거예요."

"아니 그걸 어떻게 알았어요?'

"야니는 회사에서 항상 재스민 차를 마셨어요. 재스민 차를 마시면 당신이 생각난다고 했어요. 회사 옥상에 올라가 혼자 운 적도 많아요. 워낙 감성적인 사람이라서."

"많이 알고 계시네요."

리헤르를 보며 미소 지었지만 밀려오는 씁쓸함에 마음이 아팠다.

"야니가 리헤르 씨와 헤어지고 나서 제 직업이 바뀌었죠. 야니 카운슬링 담당. 그러다 보니 자연스럽게 많이 알게 되었어요."

"정이 많이 드셨을 것 같아요."

"정이라……."

야니와의 관계를 정 이상은 안 된다며 선 긋는 느낌이 들었다. 내 마음을 누구에게 말한 적이 한 번도 없었다. 정이라는 말에 기분이 상했지만 괜찮았다. 어차피 아무도 알아주지 않는 나 혼자만의 감정일 뿐이었다.

"그건 그렇고 다른 곳으로 가야 해요. 우리 집에 오래 머무를 수 없어요. 리헤르 씨는 저와 함께 후배 집으로 갑시다. 당분간 그렇게 해야 합니다. 제가 주소를 알려줄 테니까 집에 가서 옷가지 준비해서 오세요."

빨리 움직여야 했다. 에릭이 집으로 찾아올 수도 있기 때문이었다.

"그런데 야니는 언제 만날 수 있을까요?"

"시간은 좀 걸릴 것 같아요. 야니는 지금 혼자 두어야 해요. 돌아가는 상황을 지켜봐야 합니다. 너무 걱정 말아요."

리헤르가 나갔고 나는 짐 싸러 방으로 들어갔다. 아침에 침대에 꺼내 놓은 옷 수십 벌이 어지럽게 흩어져 있었다.

2_8

사건이 발생하고 엿새가 지났다. 어떻게 상황이 돌아가는지 나름 조사를 했지만 한계가 있었다. 나와 리헤르는 후배 집에서 기거하고 있었다. 야니에게 전화해서 나는 죽지 않았다고 얘기해주고 싶었지만 그럴 수 없었다. 서로 연락하지 말라고 한 에릭이 어떻게 나올지 모를뿐더러 자칫 야니가 위험해질 수 있기 때문이었다. 경찰 조사가 시작되면 에릭이 범인이라고 밝혀질 것으로 생각했지만 오산이었다. 에릭과 내통하는 자들은 생각보다 많았던 것이다. 내 눈앞에서 살인이 일어났는데 경찰은 에릭을 잡지 못하고 있었다. 답답한 노릇이었다. 어쩔 수 없이 지인에게 부탁을 해야 했다. 전화를 걸었다.

"이게 누구십니까. 그란시나 선배, 오랜만입니다. 살아 있는 거죠? 저도 연락을 안 했지만 선배가 연락을 안 하니까 이상하게 서운했습니다. 하하."

“지미, 잘 지냈어? 나는 그럭저럭 지내고 있어. 많이 바쁘지?”

오랜만에 하는 전화였지만 지미는 반가워했다.

“저야 뭐 항상 바쁘죠. 지금 M.C 택시에 가고 있어요. 조사할 것이 있어서요. 운전중이지만 블루투스 사용하고 있으니까 통화는 짧게 가능합니다.”

“그래? 운전 중이구나. 수사하기 힘들지?”

“말하면 입만 아프죠. 하하. 그런데 무슨 일이라도 있으세요?”

지미는 동네 후배였다. 어릴 적부터 같이 자랐고 부모님도 서로 알고 있어 친하게 지냈다. 내가 미야쇼 일을 하며 번 돈으로 밥도 사고 선물도 몇 번 했었다. 지미의 아버지 병환으로 어머니가 돈을 벌고 있었다. 지미와 남매 같은 사이였기에 그가 기분 나쁘지 않을 만큼 용돈도 가끔 주었다. 박봉에 시달리는 그를 보면 마음이 아팠다. 성실하게 일하는 그에 비해 난 미야쇼 일을 하며 쉽게 돈을 벌고 있었다. 지미에게 주었던 용돈은 내 죄를 조금이라도 탕감해보려는 심리적 계산도 없지 않아 있었던 것이다.

“지미, 어려운 부탁인 건 알지만 나를 좀 도와주면 안 돼?”

지미가 호탕하게 웃었다.

“하하. 선배 부탁이라면 당연히 도와드려야죠.”

나는 잠시 머뭇거렸다. 지미 성격을 알기 때문이었다.

“혹시 그랑비나 호텔에서 있었던 살인사건 알아? 그 사건 진행상황을 알려줄 수 있어?”

"그랑비나? 그 사건 지금 제가 조사 중인데요. 무슨 일 있어요?"

"지미, 조사 중인 내용을 함부로 누설하면 안 되는 건 잘 알지만."

"하하. 선배도 참."

지미가 수락할 것이라고 생각하지 않았다. 그는 공과 사를 분명히 하는 스타일이었다. 유도를 한 그가 입버릇처럼 말했다. '룰을 벗어난 행동은 반칙패를 면할 수 없다.' 나는 야니를 지키기 위해서 반칙패 따위는 두렵지 않았다. 에릭이 무슨 짓을 할지 모르기 때문에 정보를 캐지 않으면 안되었다.

"수사 중인 내용이라 답변해 드리기가 어려워요. 죄송해요, 선배. 어떤 일로 물어보는 건지 말해 줄 수 있어요? 선배가 이 정도 부탁할 정도면 보통 일은 아닌 것 같은데. 맞죠?"

"그렇긴 하지만……. 조만간 만나서 얘기하자. 넌 나를 잘 알고 있잖아. 내가 그 정보를 얻어서 나쁜 일에 쓰지 않는다는 걸 말이야. 당장 설명하기 힘들어. 이해해줘. 내일이라도 시간 좀 내줘."

"저도 선배를 잘 알고 있으니까요. 도와주고 싶은 마음 정말 큽니다. 알고 있죠? 너무 죄송해요."

"무리한 부탁하는 내가 오히려 미안해. 알았어. 운전 조심하고. 또 연락하자."

지미에게 수사 중인 사건을 알려달라고 한 것이 부끄러웠다. 나는 지미에게는 무리한 요구를 했지만 야니를 생각하면 더 한 것도 할 각오가 되어 있었다. 시간이 지나 모든 걸 얘기하면 지미도 이해해 줄 것이라 생각했다. 리헤르가 집에 다녀오겠다고 해서 차로 바래다주었다.

에릭의 서랍에 있었던 세 장 사진 속 장소를 찾아 나는 토로네로 향했다. 토로네는 재개발 붐이 불어 신형 세단 차가 많이 보였다. 이곳에 야니가 살고 있었다. 한 번도 그의 집에 간 적은 없었다. 집에서 차 한잔하자는 말도 없었다. 늦게까지 술 먹고 인사불성이 된 날에도 동네 입구까지만 바래다줄 수 있었다. 그 흔한 볼맞춤조차 해주지 않았다. 키스를 원한 것도 아니었다. 야니 생각에 빠져 있다 보니 어느덧 토로네 뒷산 등산로 입구에 도착했다. 비가 내리고 있어 우산을 꺼냈다. 한 손으로 사진을 들고 이리저리 맞춰보니 세 장 사진 중 한 장은 입구 사진이 분명했다. 나머지 두 장 사진은 등산로를 따라 가면 비슷한 장소가 나올 것 같았다. 차 뒤 트렁크에서 운동화 꺼냈다. 이때 전화가 울렸다.

"선배, 저 지미에요."

"지미, 무리한 부탁해서 미안해."

"아니에요. 오히려 제가 미안해서 다시 전화했어요."

"괜찮아. 시간 한번 내어줘. 식사 같이하자."

"알겠습니다. 아참, 선배 메일 주소는 예전 그대로인가요?"

"당연히 그대로지."

"알겠습니다. 또 연락드리겠습니다."

"그래. 수고해."

운동화로 갈아 신고 산책로를 따라 걸었다. 비가 오고 있어 길이 꽤 미끄러웠다. 조심해서 한 발 한 발 내딛었다. 입구 사진 한 장, 나머지 두 장은…… 순간 내 머리를 스쳐가는 것이 있었다. 급하게 휴대폰으로 메일을 확인해보았다.

'선배, 개인 계정으로 메일 드려요. 읽고 나서 완전 삭제 부탁합니다.'

나는 답장을 할 겨를도 없이 메일을 열었다. 야니가 체포되었고 조사실에서 범인이라 자백했다고 적혀 있었다. 읽는 내내 가슴이 쿵쾅거렸다. 내가 지금부터 어떻게 해야 할지 판단이 서기 시작했다.

"리헤르 씨, 저에요. 그란시나."

"그란시나 씨, 저 이제 막 출발하려던 참이었어요."

"놀라지 않았으면 하는데요. 일이 꼬이고 말았어요."

"네? 꼬이다니 무슨 말이죠?"

리헤르가 어떤 행동을 할진 모르지만 말할 수밖에 없었다.

"지금 야니가 경찰서에 가서 자신이 제라드 스미스를 죽였다고 자백했다고 해요."

"네? 자백요?"

"일단 지인 통해서 좀 더 알아볼게요. 리헤르 씨는 제 연락이 있기 전까지는 절대 움직이지 마세요. 알았죠?"

2_9

시원한 물줄기가 온몸을 적셨다. 머리를 감았고 얼굴을 깨끗하게 씻었다. 오랜만에 머리를 단정하게 빗고 묶었다. 곧 있을 무도회 준비를 위해서다. 오늘따라 화장이 잘 먹혔다. 마스카라도 예쁘게 올라갔다. 야니를 위해 내가 해야 할 일이 정해졌다. 그와 보낸 시간을 통해 큰 것을 깨닫게 되었다. 그가 아니었다면 나는 돈에 집착하는 괴물로 살았을 것이다. 돈이 주는 자유는 분명 있었다. 나는 그것을 누리며 살아왔다. 어릴 적 어머니는 이왕이면 돈 많은 남자와 결혼하라고 말했다. 젊었을 때 어머니 선택은 돈이 아닌 아버지였지만 사랑만으로 버티기엔 힘든 시간을 보냈었다. 한때 사랑이 최고라고 난 믿었지만 미야쇼 일을 하면서 그런 생각이 없어져버렸다. 하지만 쉽게 번 돈은 쉽게 쓰였다. 사랑의 기억과 이별의 아픔을 돈으로 덮으려 했다.

야니를 만나지 않았다면 평생 모르고 살았을 것이다. 조사실에서 많이 울었을 그를 생각하면 가슴이 미어졌다. 그는 경찰서 지하 구치소 차가운 바닥에 앉아 무얼 생각하고 있을까? 쇠창살 안에 갇혀 있어도 사랑하는 리헤르를 위해 해냈다는 뿌듯함을 안고 있을 것이다. 조금전 리헤르가 경찰서로 가 자신이 살인범이라고 자수했다는 지미 연락을 받았다. 야니는 리헤르를 위해, 리헤르는 야니를 위해 서로가 살인범이라 주장하며 구치소에 갇혀 있는 것이다.

거울 속 내가 보였다. 한참을 바라 보았다. 이런 괴물도 사랑할 수 있을까? 돈에 미친 괴물이 느끼는 이 감정은 정말 사랑일까? 아무도 알아 주지 않는 사랑. 서러운 눈물이 흘러내렸다. 마스카라가 눈물과 함께 볼을 타고 내렸다. 목걸이 닛을 꺼내어 목에 걸었다. 거울에 비친 닛 색깔이 이상했다. 닛을 들어보았다. 색깔이 변해 있었다. 검. 정. 색. 색깔이 검정색으로 변해 있었다. 순간 멍해져 움직일 수 없었다. 머릿속이 하얗게 되어 아무것도 생각 나지 않았다. 멈췄던 눈물이 다시 왈칵 쏟아졌다. 나는 화장대에 엎드려 소리 내어 울었다.

"야니, 당신 덕분이야. 이제서야 깨닫게 되었어. 진심으로 고마워."

2_10

마로히 경찰서에 도착했다. 토로네 산에서 집으로 가고 있을 때 지미에게서 온 문자를 다시 확인했다.

'선배, 리헤르 킴이 자수하려 왔어요. 자신이 제라드 스미스를 죽였다고 했어요.'

신은 지금 나를 시험하고 있었다. 모든 상황을 던져 주고 내가 어떻게 하는지를 지켜보고 있는 것이었다. 내가 신에게 줄 수 있는 대답은 하나였다. 차에서 내려 경찰서 현관으로 걸어갔다. 제임스 가르시아 형사를 찾아왔다고 말하자 형사과로 안내해주었다. 지나가는 사람들 시선이 나에게로 향했다. 황금색 긴 머리, 도톰한 입술에 빨간색 립스틱, 딱 붙은 원피스, 날씬한 몸매, 굽이 높은 구두. 남자라면 쳐다보지 않을 수 없는 매력적인 여성으로 나는 변해 있었다. 제임스 자리 앞 의자에 앉아 다리를 꼬았다. 잠시 후 제임스가 뛰어 왔다.

"죄송합니다. 조사 중이라 늦었습니다. 저는 제임스 가르시아 형사입니다. 어떤 일 때문에 오셨는지 말씀해 주십시오."

"드릴 말씀이 있어요. 그런데 제가 시간이 많지 않아요, 형사님."

가볍게 웃으며 제임스가 대답했다.

"하하. 저도 시간이 많지 않습니다. 내일 오전 시간 되나요? 지금 저도 시간이 좀 애매합니다만."

서글서글한 눈매에 웃을 때 살짝 주름 지는 제임스는 소피아와 헤어진 사람이었다. 나는 분명히 기억하고 있었다. 제임스 이별에는 내가 관여했었다.

"그랑비나 호텔 살인 사건 제보를 할까 하고 왔어요."

"네? 호텔 살인 사건요?"

"그러니까 시간을 달라고 한 거예요."

제임스가 수첩을 꺼내다 말고 노트북을 열었다.

"그랑비나 호텔에서 있었던 살인사건 말씀하시는 거 맞죠? 그 사건 지금 조사 중이고 용의자를 만나고 오는 길이었습니다만……."

"말하기 전에 분명히 해두셔야 하는 것이 있습니다."

"뭐죠?"

"저를 절대 믿어주셔야 해요. 믿지 않으면 이 사건 범인은 잡을 수 없어요."

제임스가 타이핑을 하기 시작했다.

"믿습니다. 믿을 테니 다 말씀해주세요. 그렇지 않아도 용의자에게 미심쩍은 부분이 많아서 말이죠. 저를 믿고 말씀해주세요."

"범인은 조사 받고 있는 저 사람들이 아니에요."

노트북을 향해 있던 제임스 시선이 나를 향했다.

"누가 조사 받고 있는지 알고 있다는 말인가요?"

"형사님, 지금 그걸 따질 때가 아닙니다. 범인 잡아야 하는 것 아닌가요?'

"신분증 먼저 보여주십시오. 신원 확인을 먼저 하고 사건 관련 제보를 듣도록 하겠습니다."

신분증을 건네자 의심스런 눈으로 내 얼굴과 노트북을 번갈아 보았다. 그가 고개를 끄덕였다.

"이번 사건 범인이 누군지 알고 계시나요?"

제임스 뒤에 서서 지켜보는 형사가 많았다.

"형사님, 밖으로 나갈까요? 보는 사람이 너무 많아요."

"아닙니다. 여기서 말씀해보세요."

"형사님, 부탁이 있어요. 목소리를 최대한 낮춰 주세요."

"목소리요? 저는 목소리를 크게 내지 않았어요."

내가 제임스 쪽으로 다가가자 그도 다가 왔다. 나는 제임스 귀에 대고 속삭였다.

"이 사건에 연루된 경찰이 있어서 말하기가 힘들어요."

내 말이 믿어지지 않는 듯 제임스 입이 삐쭉 나왔다. 그는 주변을 둘러보며 말했다.

“우리가 여기서 나가면 더 의심받을 수 있으니까 그냥 진행하시죠. 대신 목소리는 최대한 낮추겠습니다.”

제임스가 의자를 앞으로 당겼다. 나도 의자를 바짝 당겼다.

“이제 말씀해보세요.”

“죽은 자는 제라드 스미스가 아닙니다.”

“네? 제라드 스미스가 아니라고요? 하하. 사망자 신원 조회는 이미 끝난 상태입니다. CSI 감식 결과가 나왔고요. 얼굴도 일치했습니다.”

어이 없다는 듯 웃으며 제임스가 상체를 뒤로 젖히며 물러났다. 내 말을 믿지 않겠다는 일종의 신호였다. 예상한 반응이기 때문에 나는 당황하지 않았다.

“이건 어떨까요? 이번 사건 살인범은 미로 여행사 본부장 에릭 영입니다.”

에릭이란 이름을 들은 제임스 표정이 굳어졌다. 나를 뚫어져라 보던 그가 헛기침을 했다.

“에릭이 범인이라고요? 증거 있어요?”

나는 자료를 넣은 가방을 건넸다.

“열어보지 마세요. 제가 형사님과 일이 다 끝난 다음 확인하면 됩니다.”

제임스가 가방을 책상 서랍 안에 넣고 열쇠를 채웠다.

“가방 안에 모든 증거가 있다는 말씀이시죠?”

"네. 그리고 또 있습니다. 혹시 호텔에서 실종된 사람이 있지 않았나요?"

"실종? 있었습니다. 호텔 경비를 담당했던 직원인데요. 외부 보안업체 직원이어서 조사 대상자에 빠져 있었습니다. 호텔 사고 이후 귀가를 며칠째 하고 있지 않다는 가족 신고가 있었습니다만 현재까지도 행방불명 상태입니다."

나는 더 가까이 제임스에게 다가갔다.

"절 믿으세요? 형사님?"

"믿겠습니다. 말씀해 보세요."

"지금 병원 안치실에 있는 사람이 실종된 보안업체 직원입니다."

제임스는 고개를 갸우뚱하며 의심하는 눈초리로 나를 보았다.

"CSI 결과가 나왔다고 말씀드렸는데요. 자꾸 이러시면 저는 그만 일어나겠습니다."

단호한 표정의 제임스가 담배를 물었다. 담배를 깊게 한 모금 피우며 신경질적으로 종이컵에 재를 털었다. 그의 태도와 눈빛은 더 이상 믿지 않을 태세였다.

"그럼 시간을 주세요. 어차피 밑져야 본전 아닌가요? 저와 병원에 함께 가시죠."

제임스가 짜증난 표정으로 담배를 피웠다.

"우리는 그렇게 한가한 사람이 아닙니다. 이제 그만하시고 일어나시죠?"

그의 완강한 표정과 말투는 대화를 더는 하지 않겠다는 의미 같았다. 또한 과학적으로 증명된 결과를 뒤집는 내 얘기는 설득력이 전혀 없었던 것이다. 어떻게 설명해야 할지 난감해지기 시작했다. 나는 제임스 손을 꽉 잡았다. 그리고 가까이 다가갔다. 제임스 뒤에서 지켜보던 형사 시선도 함께 움직였다. 나는 그의 귀를 씹어 먹을 듯 강하게 속삭였다.

"제임스 씨, 중요한 증거를 주겠다고 하는데도 그걸 못 받아 먹어? 제기랄. 과학적으로 설명이 안 되는 것은 세상에 넘치고 넘쳐. 형사인 당신을 도와주겠다고 하는데 거부하는 이유가 뭐야. 형사 하는 일이라는 게 고작 CSI 결과야? 당신 눈깔로 직접 보고 확인하라고 하는 데도 못 알아 쳐먹어?"

나는 야니를 위해 뭐든지 할 수 있었다. 난 그를 지켜야 했다.

"당신이 죽을 때까지 진정한 사랑, 단 한 번의 경험도 못하게 내가 만들어줄 수도 있어. 이 빌어먹을!"

나는 꽉 잡았던 손을 천천히 놓으며 제임스를 노려봤다. 이제 더 이상 지체할 시간이 없었다. 그는 여전히 내 얘기를 믿지 않고 있었다. 나는 눈을 피하지 않고 뚫어져라 그를 쳐다보았다. 한참 동안 나를 바라 보던 그가 책상을 가볍게 치며 일어났다.

"그럼 같이 가시죠. 믿어보겠습니다."

이때 지미가 들어왔다. 반가웠지만 아는 체할 수 없었다. 그동안 살이 많이 빠져 있었다.

"어디 가세요, 선배?"

"내가 연락하기 전까지 일단 대기하고 있어. 미안해. 좀 급한 일이 생겼어."

"네. 알겠습니다."

제임스가 재킷을 들었고 나는 뒤를 따라나섰다.

2_11

제임스가 운전하는 SUV 차량이 마로히 병원을 향했다. 나는 조수석에 앉아 아무런 말도 하지 않고 조용히 고민했다. 어떻게 설명해서 안치실까지 가야 할지 머리 속으로 상황을 그려보았다. 자세하게 설명하고 싶었지만 지금 떠들어봤자 경찰서에서 했던 얘기 반복만 될 것이다. 제임스에게 직접 보여줘야 믿을 것이라 생각했다. 신호에 걸려 잠시 대기했다. 나는 담배를 꺼내 불을 붙였다.

“담배 하나 정도는 괜찮죠?”

“이미 피우고 있으면서 양해를 구하는 건 예의가 아닌 듯합니다.”

제임스가 웃으며 뒷자리에 있던 재떨이를 나에게 주었다.

“진정한 사랑 못 하게 하겠다고 다짜고짜 말씀하시던데. 말투와 눈빛이 너무 무서웠습니다. 하하. 그렇게 말한 이유라도 들어볼 수 있나요?”

멋쩍게 웃는 제임스 입에 내가 피던 담배를 물려주었다. 그가 어색하게 담배를 물었다. 나는 담배 하나를 더 꺼내어 불을 붙였다. 제임스를 소피아와 헤어지게 한 사람으로서 나는 미안해졌다. 소피아와 이별 후 제임스 삶이 어떠했는지 알 수 없었다. 진정한 사랑이라는 말에 반응한 그를 보며 지금도 누군가를 사랑하고 있을 것이라 생각했다.

"형사님은 사랑하는 사람이 있으세요?"

"사랑하는 사람요?"

"네, 사랑하는 사람. 혹시 지금 떠오르는 사람이 있나요?"

"……."

담배연기가 차안을 가득 메우자 그가 창문을 활짝 열었다. 시원한 바람이 몸을 감쌌다. 신선한 공기를 마시자 정신이 맑아졌다. 그는 아무 말 없이 전방만 바라보며 운전했다.

"형사님, 봤어요?"

"뭘요?"

"창문을 열자마자 날아가 버리는 담배 연기요."

"저녁이라 공기가 시원하고 좋네요. 이런 날에 퇴근도 못하고 일하는 것이……."

"사라질 거예요. 소중히 여기지 않으면 사랑은 순식간에 사라져요."

빨간 신호에 차가 멈춰 섰다. 그가 나를 바라봤지만 모른 척했다.

"뭐가 사라진다는 말인지 모르겠습니다."

"사랑하고 있는 사람을 아끼고 지키지 않으면 담배 연기처럼 순식간에 사라질 거예요."

나는 그가 진심으로 믿어주길 바랐다. 신호가 푸른색으로 바뀌자 그는 다시 앞을 바라보며 운전했다.

"동의합니다. 사랑이 어렵죠."

"형사님, 사랑하는 이유가 뭐라고 생각하세요?"

"그러게 말입니다. 정말 뭘까요?"

"행복하기 때문에 하는 것입니다. 각자 행복 안에 어떤 것들이 많이 차지하고 있을까요? 사랑해서 행복한 사람, 돈 많이 벌어 행복한 사람, 맛있는 음식을 먹고 행복한 사람…… 인간은 행복하기 위해 살고 있어요."

나는 담배를 다시 하나 물었다. 야니가 떠오르자 가슴이 먹먹해졌다.

"사랑하지 않으면 행복할 수 없는 건가요?"

"사랑 없이 행복할 수 있어요. 하지만 행복하지 않은 사랑은 존재하지 않아요."

제임스가 고개를 끄덕였다. 병원이 보였다. 병실 불빛은 대낮처럼 밝게 빛나고 있었다.

"직업이 어떻게 되십니까?"

"제 직업요? 후후. 저는 불륜 감별사입니다."

"불륜 감별사?"

"네, 불륜 감별사."

"그런 직업도 있나요?"

"있어요. 저는 사랑하는 사람을 찾아다녀요. 그리고 시험에 들게 하죠. 시험에 통과하면 사랑을 지속할 수 있어요. 저는 통과 못 한 사람 덕분에 돈을 벌고 있으니 직업인 셈이죠."

"이해할 수 없지만 재미있는 직업이네요."

"형사님, 불륜 뜻이 뭔지 아세요? 사람으로서 지켜야 할 도리에서 벗어난 것을 뜻해요. 사랑한다 말만 하고 사랑을 지키지 못하는 것도 도리에서 벗어난 게 아닐까요? 저는 그런 사람들을 감별해내고 있어요. 세상에 형사님이나 제가 모르는 일은 많고 많아요."

"불륜 의미가 확장된 느낌이네요. 하하. 좀더 자세하게 얘기 해주세요."

"오늘 일이 끝나면 전부 말할게요."

늦은 시간이라 병원 로비에는 사람이 많지 않았다. 제임스가 안내데스크로 가서 담당자를 호출했다. 책임자로 보이는 사람이 왔고 안내를 해주었다. 시신이 있는 곳으로 향하던 중 나는 제임스 팔을 잡았다. 그가 걸음을 멈추었다.

"형사님, 두 가지 부탁이 있습니다. 들어주실 거죠?"

"제가 할 수 있는 것이라면 들어드리죠."

짧은 시간이었지만 병원을 함께 오며 신뢰가 쌓인 덕분일까? 제임스 눈빛은 처음과 달리 부드러워져 있었다.

“첫번째는 형사님과 저만 시신이 있는 곳에 가야 합니다. 다른 그 누구도 함께 들어가서는 안 됩니다.”

“안 되는 것은 아니지만 그래도 병원 관계자와 함께 가는 것이 원칙인데요. 좋아요. 우리 둘만 들어갑시다. 나머지 하나는요?”

“어떤 일이 일어나도 저를 믿어주셔야 합니다. 짧은 시간이었지만 저는 형사님을 신뢰합니다. 그 어떤 일이 일어나더라도 저를 믿어주셔야 해요.”

나는 제임스 눈을 똑바로 쳐다보며 간절한 마음을 담아 얘기했다.

“알겠습니다. 믿겠습니다. 그런데 제 팔을 너무 꽉 잡고 있어서 아파요.”

나도 모르게 그의 팔을 강하게 잡고 있었다. 그가 병원 관계자에게 다가가 설명하자 가는 길을 알려주었다. 우리는 복도를 걸어 안치실로 향했다. 문 열고 들어가니 작은 냉장고를 겹겹이 쌓아놓은 듯한 시신함이 있었다. 번호를 확인하고 제라드 스미스라고 적혀 있는 시신함 앞에 섰다. 그가 손잡이를 당기자 시신이 천천히 나왔다.

“제라드 스미스 맞습니다. 여기 보면 사진과 시신 얼굴이 일치하죠?”

“지금은 형사님 말이 맞습니다.”

“지금은 제 말이 맞다?”

나는 설명을 하기 전 제임스에게 다가갔다. 가볍게 입술에 키스했다. 그의 눈이 커졌다.

"설마 이런 행동을 하려고 우리 둘만 들어오자고 한 것은 아니죠?"

"형사님에게 진정한 사랑이 찾아오길 빌었어요."

그가 입술에 묻은 립스틱 자국을 지웠다.

"형사님, 시신 몸 안에 있는 물건을 꺼낼까 하는데 괜찮죠?

"시신 안에 있는 물건요?"

그의 눈이 빠르게 깜박였다.

"도대체 시신에서 뭘 꺼낸다는 것인지……."

"저를 믿어달라고 했어요. 지금부터 보는 것은 절대 비밀로 해주셔야 합니다. 그러면 저도 형사님에 대해 알고 있는 걸 말할게요."

"비밀은 이미 지키겠다고 했습니다. 저에 대해 뭘 알고 있다는 겁니까?"

"예전에 사랑했던 사람이 소피아 조던, 맞죠?"

제임스 반응은 의외로 담담했다. 소피아 이름에 반응할 것이라고 예상했지만 아니었다. 그녀를 어떻게 알았냐고 뒷조사 했냐고 그는 묻지 않았다.

"그냥 다 말해보세요. 믿기로 했으니까요."

나를 신뢰하는 것인지 이용하는 것인지 알 수 없었다. 어차피 상관없었다. 야니가 범인이 아니라는 것만 증명하면 되는 것이었다.

"이 목걸이 보이세요?"

닛을 꺼내 제임스에게 보여 주었다.

"예쁘군요. 블랙 다이아몬드인가요?"

"푸른빛이었다가 최근에 검은색으로 바뀌었어요."

나는 검은색이 되어버린 닛을 목에 걸었다.

"이 목걸이를 가지고 있으면 원하는 사람으로 모습이 바뀝니다."

"모습이 바뀐다고요? 에이, 무슨."

제임스가 말이 안 된다며 웃어 넘기려 했다.

"지금 당장 보여드릴게요. 준비되셨나요? "

준비라는 말에 그의 표정이 바뀌었고 팔짱을 낀 채 어서 해보라며 고개를 끄덕였다.

"시신 안에 제가 보여준 목걸이가 있을 거에요. 저기 카메라가 보이죠? 카메라에 찍히면 안 되니까 형사님이 등지고 가려주셔야 합니다. 눈으로 직접 확인해보세요. 시신이 어떻게 변하는지."

제임스가 천천히 자리를 옮기며 카메라를 등졌다.

"자. 이제 해보세요. 믿어드리죠. 시체를 훼손하거나 다른 행동을 할 경우에는 바로 제지할 겁니다."

"걱정 마세요. 놀라면 안 됩니다. 아셨죠?"

"키스만 하지 않는다면 크게 놀라진 않을 것 같습니다."

나는 먼저 시신 입 안으로 손가락을 넣었다. 깊이 넣었지만 아무것도 만져지지 않았다.

"형사님, 절 도와주시겠어요?"

"시신 입을 더 찢어달라는 얘기는 아니죠?"

"아뇨. 시신 엉덩이에 손을 넣어주세요. 제가 보여드린 이 목걸이가 분명 있으니까 꺼내 주세요."

"네? 엉덩이에서 뭘 꺼낸다고요?"

제임스 미간이 찌푸려졌다.

"형사님, 시신 발견 당시 바지가 반쯤 벗겨져 있었다고 하던데요. 그렇다면 분명 엉덩이에 목걸이가 있을 겁니다. 부탁합니다."

"당신이 말한 목걸이가 있었으면 좋겠네요."

엉덩이를 조금 들어올린 후 제임스가 손가락을 넣었다. 그가 힘을 쓰고 있지만 잘 되지 않아 보였다. 내가 시신을 옆으로 고정시켜주었다. 시신은 딱딱하게 굳어 있었다. 제임스가 다시 손가락을 집어 넣었다. 천천히 이리저리 움직이던 그의 손이 순간 멈추었다. 놀란 눈으로 그가 나를 쳐다보았다. 찾은 것이다. 천천히 들어 올린 그의 손에는 붉은 빛을 내는 목걸이 닛이 있었다. 에릭 닛이었다. 야니를 죽이려 했던 계획이 틀어지자 방법이 없었을 것이다. 제임스는 가지고 온 비닐에 조심스럽게 닛을 넣었다.

이때 시신이 조금씩 꿈틀거리기 시작했다. 그가 놀란 듯 움찔했다. 시신은 흔들리며 부풀었다 작아졌다를 반복했다. 충격적인 장면을 보는 그의 눈은 커져 있었지만 움직이지 않고 지켜보고 있었다. 뚱뚱했던 제라드 스미스 몸이 이리저리 흔들리며 변하고 있었다. 풍

선처럼 부풀다 꺼지기를 수차례 반복했고 점점 날씬하게 변하고 있었다. 잠시 후 시신은 움직임을 멈추었다. 제임스가 믿기지 않은 듯 시신을 손가락으로 눌렀다. 시신 얼굴을 확인하고 몸 전체를 휴대폰으로 찍은 그가 고개를 절레절레 흔들며 나를 바라보았다. 그의 이마에 땀방울이 맺혀 있었다.

"형사님. 이 사람이 바로 사고 당일 호텔 경비를 맡고 있던 보안업체 직원입니다. 사건 이후 실종되었다는 신고가 들어왔다고 했죠? 그 실종된 직원이 죽은 것입니다. 제라드 스미스가 아닙니다."

제임스는 대꾸하지 않았다. 시신과 내 얼굴을 번갈아 바라보며 현실과 꿈을 분간하려 애쓰고 있는 것 같았다. 지금까지 만난 사람 중에 가장 이성적으로 지켜봐준 대단한 사람이었다. 역시 형사다웠다. 시신함을 천천히 닫았다. 우리는 아무 일도 없었다는 듯 안치실을 나왔다. 병원 직원이 복도 끝에서 기다리고 있었다.

"모든 걸 말씀해주세요. 이번 사건 해결에 큰 도움이 될 것 같습니다."

"형사님, 그럼 차에 가서 기다리세요. 화장실에 다녀 오겠습니다."

나는 화장실에 가서 넋을 만졌다. 거울을 보며 옷 매무새를 고치고 제임스 차로 걸어갔다. 조수석 창문을 두드리자 그는 처음 보는 사람처럼 나를 쳐다보았다. 창문이 내려갔다.

"누구세요?"

전혀 알아 보지 못하는 표정이었다. 얼굴이 바뀌었으니 당연한 것이었다.

"설마?"

"형사님, 화장실에서 손은 씻고 온 거죠?"

제임스가 커진 눈으로 고개를 끄덕였다. 그는 청바지에 가디건을 입은 나를 신기한 듯 아래위로 훑어보고 있었다.

"빨간색 립스틱은 진짜 제 것이었어요."

"제가 본 것을 어떻게 설명해줄 건가요?"

"일단 출발하시죠. 얘기해 드릴게요."

차량은 병원을 천천히 빠져 나왔다. 그는 내 얘기를 기다리고 있었지만 재촉하지 않았다. 시간이 길어질 것을 그가 예상했는지 경찰서로 가지 않고 공원 주차장에 차를 세웠다. 나는 이제까지 있었던 모든 일을 자세하게 말했다. 어릴 적 부모님 별거, 여행사, 미야쇼, 야니와의 만남, 내 인생 모두를 얘기했다.

"에릭이 경비를 살해한 후 도망을 어떻게 갔을지 그것도 의문입니다."

"경찰서에서 제가 드린 자료에 있습니다. 보안 팀장이 에릭을 숨겨주었고 경찰 조사가 한참 진행될 때 그는 호텔에 있었습니다."

"그렇군요. 에릭은 왜 리헤르를 호텔로 유인한 거죠?"

"리헤르가 호텔로 와야 살인을 꾸밀 수 있었어요. 야니를 살해하고 죽은 야니 몸에 넋을 넣으면 야니가 제라드 스미스로 변하는 것이었죠. 복수를 하러 온 리헤르가 제라드 스미스를 죽였다는 시나리오를 에릭이 꾸민 것입니다."

"아, 그렇군요."

제임스가 고개를 끄덕였다.

"형사님, 소피아와 헤어지기 전 크게 싸웠던 날 기억하세요? 그 날 소피아는 일찍 귀가하려고 했어요. 끝까지 놓아주지 않고 함께 술 마신 사람이 바로 저예요. 소피아는 형사님과 약속을 또 어긴 사람이 되었고 그게 빌미가 되어 헤어지셨죠? 정말 죄송합니다. 진심 사과 드려요."

"하하. 괜찮습니다. 소피아가 그랬었군요. 난 그것도 모르고 화만 내었으니 그녀에게 너무 미안해집니다. 그란시나 씨, 사건해결에 큰 역할을 하셨어요. 진심으로 감사드립니다."

나는 편지를 꺼내서 제임스에게 건넸다.

"야니 존스에게 전달해주세요. 부탁합니다."

"편지요? 네 알겠습니다."

야니를 떠올리며 출발 전 집에서 쓴 편지였다. 급하게 적어 글씨가 삐뚤삐뚤했지만 내 마음을 전할 수 있을 것이라 생각했다. 편지를 주고 나니 마음이 한결 가벼워졌다. 제임스 차가 경찰서 주차장에 도착했다. 내가 차에서 내리자 제임스도 함께 내렸다.

"형사님, 미야쇼와 관련된 모든 얘기는 비밀로 해주셔야 합니다.

아셨죠?"

제임스는 무척이나 평온해 보였다. 이번 사건이 해결되었다는 의미인지 소피아와 관계 회복인지 알 수 없었다.

"그란시나 씨, 비밀은 죽을 때까지 지켜드리겠습니다. 불륜 감별사는 기억에서 지우겠습니다."

"저를 믿어준 것만으로도 기쁩니다."

"그란시나 씨 인생을 들을 수 있어서 영광이었습니다."

제임스는 야니에 대한 감정을 고백하며 훌쩍일 때 나를 위로했다. 눈물이 멈출 때까지 기다리며 침묵해주었다. 웃다가 울기를 몇 번 반복했는지 정신이 없었다. 야니와 함께 한 시간 전부를 쏟아냈다. 나는 시동을 걸고 천천히 출발하며 손을 흔들었다.

"감사합니다. 형사님. 잊지 않겠습니다."

"불륜 감별사 씨, 이번 사건이 끝나면 소피아와 함께 술 한잔 같이합시다."

"형사님과는 오늘이 마지막이에요. 후후."

"그래요? 하하. 다시 한번 감사드립니다."

제임스가 인사를 하고 경찰서 현관으로 들어갔다. 이제 다 끝난 것이다. 야니와 리헤르는 무죄로 풀려날 것이다. 집을 향해 가던 차를 멈추고 나는 내렸다. 걷고 싶어졌기 때문이다. 오랜만에 시원한 바람을 맞고 걸어 가니 답답했던 가슴이 뚫리는 기분이었다. 야니는 리헤르와 다시 뜨겁게 사랑할 것이다. 기뻐할 그의 얼굴이 떠오르자 웃음이 절로 났다.

'야니, 힘들어하더니 결국 사랑을 지켜내는구나. 당신 보며 느끼는 게 많았어. 당신이 나에게 가르쳐준 사랑 소중히 간직할게. 야니, 너무 보고 싶다.'

목걸이 넛을 손에 쥐었다. 가로등에 비친 넛은 여전히 검은 색이었다. 심호흡을 크게 하고 호수를 향해 목걸이를 던졌다. 그리고 나는 자리에 주저앉아 한참을 울었다.

2-12

"그럼 여기서 말씀 드리겠습니다. 리암 마티네즈 씨. 당신을 제라드 스미스 살인 및 사체유기, 그리고 경찰 업무상 비밀 누설죄로 체포하겠습니다. 당신은 묵비권을 행사할 수 있고 변호사를 선임할 수 있으며 법정에서 불리한 진술에 대해 입장을 거부할 권리가 있습니다."

형사과 직원 모두 놀란 표정을 한 채로 일어났다. 제임스가 말을 잇지 못하고 있자 리암이 소리쳤다.

"상관 지시에 불복종하는 게 말이 된다고 생각하나! 살인범이 자백했고 사망자는 부모도 가족도 없는 사람이야. 병원에 장기간 두는 건 혈세 낭비야. 그래서 빨리 화장을 지시한 것인데 문제 있는 것처럼 이러지 마!"

"선배님 이런 행동 보기 좋지 않습니다. 검시필증도 나오지 않았어요."

"뭐야!"

리암 말을 받아 친 제임스가 작정한 듯 말을 이어갔다.

"제라드 스미스가 사기 친 명단을 하나하나 살펴봤습니다."

"내 이름이라도 있었다는 건가?'

"최초 명단은 조작된 정보였습니다. 실제 명단이 있다는 사실을 알게 되었고 확보했습니다. 거기에는 선배님 장인어른 이름이 있었습니다."

당황해하는 리암을 보며 제임스가 결기에 찬 목소리로 말했다.

"원래 형사 2팀의 사건이었지만 갑자기 우리 팀이 그 수사를 넘겨 받았습니다. 저는 의아했지만 그럴 수 있다고 생각했었습니다."

제임스가 서류를 꺼내 리암에게 건넸다.

"사기를 당한 사람 이름과 액수입니다. 선배님 장인어른은 20만 불을 투자했습니다. 알고 계시리라 생각합니다."

"아냐. 난 전혀……."

"제라드 스미스 행방이 확인되어 출동했지만 검거하지 못했습니다. 당시 저는 선배님과 함께 출동했었습니다. 기억하시죠? 그 후 제라드 스미스는 살해되었고 암매장 되었습니다."

"자네 무슨 소리야. 여기서 이러지 말고 나가서 얘기하자고."

리암이 제임스 팔을 당겼지만 그는 꿈쩍하지 않았다.

"마로히 외곽 토로네라는 곳을 기억하시죠? 선배님 막내 시절에 살았던 토로네, 아니 존스가 지금 살고 있는 토로네 뒷산을 간 적이 있으신가요?"

"간 적 없어. 자꾸 이상한 소리 할 거면 그만둬."

리암이 사무실을 나가려 하자 지미가 문 앞을 가로막고 서 있었다. 화가 난 리암이 제임스를 향해 큰소리쳤다.

"왜 이러는 거지? 추측해서 말하지 마! 오전에 급한 약속이 있으니까 비켜!"

리암이 지미를 밀어내려 하자 제임스가 말했다.

"수갑 채울 수 있습니다!"

"무슨 소리 하는 거야. 빌어먹을!"

리암이 밖으로 나가려고 하자 지미가 순식간에 제압하고 수갑을 채웠다. 형사과 모든 직원이 이 광경을 숨죽이며 지켜보고 있었다.

"지미, 풀어드려."

"네?"

지미가 머뭇거리자 제임스가 다가가 리암에게 채워진 수갑을 풀었다.

"토로네 뒷산에 누구와 함께 가셨습니까?"

제임스가 의자를 빼 리암이 자리에 앉도록 해주었다. 지미 엎어치기에 등을 심하게 부딪힌 리암이 아픈 듯 인상을 썼다.

"간 적이 없어. 없는 일을 생각해내라고 하면 내가 어떻게 해야 하는가? 당장 지난주 일도 기억 못하는데 몇 년 전 일을 어떻게 기억해? 정말 간 적이 없어."

"우주인과 함께 같이 가셨죠?"

"우주인? 미로 여행사 본부장? 아니야. 나는 그 사람 몰라. 이번 사건 진행하면서……."

"우주인과 함께 간 것으로 확인했습니다."

"아냐. CCTV를 보면 알 수 있을 거야. 여자와 산책하러 같이 간 것이지 나는 그 자와 간 적이 없어."

회심의 미소를 짓는 제임스를 보며 리암이 당황해했다.

"여자가 아니라 나는 기억 자체가……."

"CCTV를 보면 알 수 있다. 여자와 산책하러 간 것이다. 그럼 간 것은 분명한 사실이네요."

리암이 당황해하며 절대 아니라고 소리쳤다. 예상하지 못한 질문에 생각이 꼬이고 만 것일까? 리암 눈동자가 불안정하게 움직였다.

"함께 산책했다는 여성이 바로 우주인 미로 여행사 본부장 에릭영이죠?"

불안정하게 움직이던 리암 시선이 제임스를 향했다.

"함께 산으로 올라간 이유를 제가 말씀 드릴까요?"

"간 적이 없다니까. 믿어줘!"

"제라드 스미스, 그 자를 죽이고 난 후 산에 암매장을 하러 간 것입니다."

"내가 사람을 죽였다고? 제기랄. 제정신이야?"

리암 말투에 형사과 모든 직원이 경악했다. 평소 욕 한마디하지 않던 그였다. 이때 제임스에게 전화가 왔다.

“시신이 묻힌 자리 찾았어? 다행이다. 고생 많았어. 새벽부터 산에 올라가라고 해서 미안해. 알았어. 밥 살게. 고마워.”

전화를 끊는 제임스 손이 떨리고 있었다. 지미가 걱정스런 눈으로 그를 바라보고 있었다. 제임스가 크게 한숨을 쉬며 리암에게 다가가 고개를 숙였다. 그의 눈가가 촉촉해져 있었다.

“선배님, 죄송합니다. 당신을 제라드 스미스 살해 용의자로 체포하겠습니다.”

리암은 망연자실한 얼굴로 침묵하며 바닥만 응시했다. 지미가 리암에게 다가가 수갑 채우려했다.

“수갑 채우지 마!”

제임스 호통에 지미가 뒤로 물러났다. 이때 밖에서 고함소리가 들려왔다.

“증거 없이 나를 체포해? 비싼 변호사 사서 무죄임을 증명하고 너희 형사 놈들 무고죄로 고소해서 쳐넣어줄 거야. 꽉 조이지 마. 아프다고.”

에릭이 수갑을 찬 채 소리 질렀다. 경찰서 복도가 에릭 고함소리로 울렸다. 일을 마친 루나, 에단이 사무실로 들어와 제임스에게 다가갔다.

“보이세요? 여기에 있는 지미, 루나, 에단 그리고 저는 선배님만 믿고 지금까지 일했습니다. 제 마음이 어떤지 아십니까? 정말 죄송합니다. 용서해주십시오."

리암이 자리에서 일어나 두 손을 내밀었다.

"다른 사람이 하면 싫어. 제임스 넌 유능한 형사야. 자네가 수갑 채워."

제임스가 리암 손목에 수갑을 채웠다. 다른 형사가 다가와 리암을 데리고 밖으로 나갔다. 기력이 다 빠진 듯 제임스가 의자에 털썩 주저앉았다. 지미, 에단, 루나는 그의 모습을 보며 침통한 표정으로 서 있었다.

2_13

"곧 리헤르 씨와 만나게 될 겁니다. 너무 죄송했습니다."

형사과에서 제임스와 야니가 마주앉아 얘기하고 있었다.

"형사님. 리헤르가 범인이 아니라는 말씀 믿어도 되는 거죠?"

야니가 믿기지 않는 듯 얼떨떨한 표정으로 두 손 모으고 앉아 있었다.

"네. 리헤르 씨는 살인범이 아닙니다."

"오, 이런 하나님. 감사합니다. 너무 감사합니다. 그리고 죽은 줄 알았던 그란시나가 살아 있어서 너무 다행스럽고 기쁩니다."

제임스가 서류에 사인을 하고 지미에게 건넸다. 지미가 형사과를 빠져 나가자 제임스가 의자를 앞으로 당기며 조용히 말했다.

"형사과에 그란시나 씨가 왔을 때 처음에는 정말 믿지 않았습니다. 사실 정신 나간 사람이라고 생각 했거든요. 이번 일을 겪으면서 세상에 제가 모르고 있는 일이 너무나 많다는 걸 새삼 느꼈습니다. 범인도 잡았고 형사로서 시야도 넓어진 것 같아서 기분 좋습니다."

"형사님. 비밀을 지켜주셔서 정말 감사합니다."

야니가 고개를 숙였다.

"야니 씨, 잠시 밖으로 나갈까요?"

경찰서 흡연 부스에서 제임스와 야니는 오랜 시간 얘기했다.

"에릭이 자신 목걸이를 죽은 경비 몸에 넣었다는 말인가요?"

"네. 최초 발견했을 때 바지가 벗겨져 있었어요. 야니 씨 기억 안 나요?"

갑자기 발생한 일이라 경황이 없었지만 바지가 벗겨져 있던 것을 기억해낸 야니가 고개를 끄덕였다.

"아무튼 그란시나 씨 덕분에 사건이 모두 해결되었어요. 그리고 이거 받으세요."

"이게 뭐죠?"

"그란시나 씨가 야니 씨 만나면 전해주라고 했던 편지입니다."

야니가 편지를 뜯자 제임스가 말했다.

"제가 빠져드릴 테니까 천천히 읽어보세요."

"형사님, 같이 들어가요. 담배 피우면서 여기서 읽어보겠습니다."

야니가 그란시나 편지를 읽기 시작했다. 휘휘 갈겨 쓴 편지였지만 그는 그란시나를 떠올리며 읽었다. 야니를 향한 그란시나 고백을 들은 제임스가 마음이 편하지 않았는지 연신 담배만 피워댔다. 편지를 읽어내려가던 야니 표정이 점점 일그러졌다.

"형사님! 빨리 그란시나 집으로 가야 해요!"

"그게 무슨 말이에요?"

"빨리요! 그란시나 집으로 빨리요!"

야니와 제임스가 주차장으로 뛰어갔다. 차에 올라탄 두 사람은 경찰서를 급히 나와 그란시나 집을 향해 차를 몰았다. 야니가 주먹을 불끈 쥐며 침통해 했다.

"야니 씨, 무슨 일이라도 난 거에요?"

"그란시나가 자살할 것처럼 편지를 썼어요."

어느새 그란시나가 살고 있는 맨션에 도착했다. 제임스는 어제 그란시나가 말한 것을 기억해냈다.

'형사님과는 오늘이 마지막이에요. 후후.'

정신이 번쩍 든 제임스가 차 트렁크에서 망치를 꺼냈다. 12층 그녀 집 앞에 도착한 그가 손잡이를 망치로 내려쳤다. 문이 열렸고 야니가 뛰어 들어갔다. 베란다 창문이 활짝 열려 있었고 커튼이 바람에 날리고 있었다. 야니가 베란다로 뛰어갔다. 제임스도 야니를 따라 뛰어갔다. 1층 화단에 그란시나가 떨어 있는 것을 본 야니가 소리쳤다.

"그란시나! 안 돼!"

야니가 현관문을 뛰어 나갔고 제임스가 다급한 목소리로 전화했다.

"지미, 여기 주소 알려 줄게. 이번 사건 제보를 해준 사람이 자살을 시도했어. 빨리 와."

2_14

마로히 병원 응급실로 옮겨진 그란시나가 심폐소생술을 받고 있었다. 지미가 그란시나 옆에서 이 상황을 지켜보며 울먹이고 있었다. 응급실 밖에서 야니가 오열하고 있었고 옆에는 리헤르가 있었다. 제임스는 믿기지 않은 듯 망연자실한 표정으로 서있었다. 밝은 모습으로 헤어졌는데 이런 선택을 한 그녀가 떠오르자 그는 소리없이 울기 시작했다.

"야니 씨, 미안합니다. 정말 죄송하게 되었습니다. 제가 진작 알아봤어야 했는데."

"아니에요. 형사님은 잘못이…… 없습니다. 흑흑."

야니 옆에 있던 리헤르도 울고 있었다. 리헤르가 제임스에게 그란시나 편지를 건넸다. 흐르는 눈물을 닦으며 제임스가 편지를 읽어 내려갔다.

보고 싶은 야니 존스.

그거 알아? 우리가 마지막으로 맥주 먹던 날에도 아침에 옷을 고르는데 30분 이상 걸렸다는 사실. 웃기지? 쿡앤 입사했을 때 밝게 웃으며 반겨주던 당신이 떠올라. 함께 일하면서 내 마음이 조금씩 흔들리기 시작하더니 언제부턴가 당신 행동 하나하나가 내 눈에 계속 밟히는 거야. 당신이 리헤르와 헤어지고 힘들어 했을 때 나에게는 기회가 온 것이었어. 당신 빈자리를 차지할 수 있는 기회 말이야. 시간 지나면 당신이 리헤르 잊을 것이라 생각했어.

그러나 그것은 나만의 착각이더라. 야니 존스 당신이란 남자를 몰라본 거야. 나 정말 이기적이지? 당신이 변함없이 리헤르 사랑하는 모습을 보며 느끼는 게 많았어. 진정한 사랑이 무엇일까 하고 말이야. 당신은 리헤르를 위해, 리헤르는 당신을 위해 살인범을 자청했어. 당신과 리헤르는 돈에 미쳐버린 나와는 격이 다른 사람이야. 야니. 난 당신을 진심으로 사랑해. 그리고 미안해. 이런 내가 사랑해서.

기억나? 당신에게 고백하려 했었어. 미야쇼 사무실에서 사랑한다 말하려 했어. 떠가는 구름을 보고, 살랑살랑 부는 바람을 안고 걸으며, 맛있는 음식도 먹고, 지나가는 학생 웃음소리 듣고, 차 경적 소리에 놀라고, 맨션 입구에서 인사해주는 경비 아저씨 모습 보고, 샤워를 하고 잠들 때까지 항상 당신만 생각했어.

지금에서야 고백하지만 나도 한때 키오라이마였단 거 알아? 내 행복이 사랑이 아닌 돈으로 바뀌게 되면서 자연스럽게 키오라이마에서 벗어나게 되었어. 당신도 나처럼 키오라이마에서 벗어날 것이라 생각했는데 아니었어. 리헤르에 대한 당신 사랑은 굳건하니까. 그녀가 너무 부럽고 질투나. 그런 사랑을 나는 왜 받지 못하는 거지?

나 말이야. 목걸이 닛이 검은색으로 변해 버렸어. 검은색이 무얼 의미하는지 알고 있지? 나도 당신처럼 키오라이마 최상위자 카오가 되었어. 카오 한 명이 죽어야 오랜 시간 균형이 맞춰진다는 사실을 에릭 메모를 보고 알게 되었어. 다른 미야쇼가 단 한 명의 카오를 죽이러 올 거야. 당신과 나 둘 중에 한 명은 죽게 되어 있어. 그들도 수천 명 이별시켜 균형을 맞추는 어려운 일은 하지 않을 거야. 내가 당신을 진심으로 사랑하고 있나 봐. 당신을 계속 사랑해도 되는 거지? 아니 당신이 죽는다는 생각하기 싫어. 내가 당신을 위해 할 수 있는 일은 하나밖에 없는 것 같아.

사랑은 지키는 것이라고 당신이 말했잖아. 나는 당신을 격하게 사랑하고 아껴. 경찰서 가서 모든 걸 말할 거야. 그리고 집으로 돌아오면 당신을 위한 선택을 할 거야. 당신은 내 마음속에 함께 있으니까 무섭지 않아. 내 목숨보다 소중한 사람이 당신이라는 걸 기억해줘. 당신과 함께했던 시간 가슴에 품고 갈게. 나도 내 사랑을 지킬 수 있어서 너무 행복해. 내 오른쪽 심장 아니 존스. 사랑해.

2_15

비가 주룩주룩 내리고 있었다. 성당 십자가는 비로 인해 잘 보이지 않았다. 성당 뒤편 공원에는 많은 사람이 검은색 옷을 입고 서있었다. 제임스 옆에는 소피아가 있었다. 야니가 고개 숙인 채 눈물을 흘리고 있었고 리헤르가 그를 위로했다. 쿡앤 직장동료와 경찰서 직원 헌화가 이어졌다. 많은 사람이 그란시나를 추모했다. 신부님 말씀이 끝나자 제임스 추도사가 이어졌다. 이곳저곳에서 울음소리가 들렸다.

"그란시나 씨, 너무 감사했습니다. 제가 당신에게 배운 것이 있습니다. 진정한 사랑이 무엇이고 사랑을 향한 태도는 어떠해야 하는지 알게 되었습니다. 당신 떠난 자리에 남겨진 우리 모두는 너무나 슬픕니다. 당신이 그립습니다. 그 어떤 것으로도 당신을 대신할 수 없습니다."

비는 점점 세차게 내렸다. 입관식을 마치고 모두 성당을 향해 걸어 가고 있었다. 제임스가 소피아와 함께 야니에게 다가갔다. 리헤르와 함께 있는 그는 여전히 울고 있었다.

"야니 씨, 지난번 조사실에서 저에게 해준 말 기억하고 있어요. 덕분에 저는 제가 사랑하는 사람을 지킬 수 있었습니다. 너무 감사드립니다."

감정이 격해져 있는 야니를 위로할 수 있는 사람은 리헤르 한 사람이었다. 야니가 리헤르 손을 꼭 잡고 있었다.

"형사님, 끝까지 그란시나 믿어주셔서 감사합니다. 그녀도 고맙게 생각하고 있을 겁니다."

소피아가 제임스 손을 살짝 당겼다. 야니와 리헤르 둘만의 시간을 갖게 해주자는 의미였다. 제임스가 말없이 야니에게 인사하고 소피아와 함께 성당을 향해 걸어갔다.

"야니, 연세가 지긋하신 여성분이 당신에게 편지 전해 주라고 하셨어."

"편지?"

리헤르 말에 야니가 눈물을 닦았다.

"응. 당신이 괜찮아지면 꼭 전달해달라고 했어. 당신만 읽어보라고 하면서."

"같이 읽어 보자."

"아냐. 당신 편지니까 혼자서 읽어봐."

"우리 서로 비밀은 없잖아. 알면서 그래. 같이 읽어보자."
"화장실에 다녀 올게."
리헤르가 성당으로 걸어갔다. 야니가 봉투 속 편지를 꺼냈다.

야니 존스 씨,
처음 뵙겠습니다. 저는 그란시나 알렌 고등학교 담임이었던 에바 무어라고 합니다. 그란시나 일로 마음이 편치 않으리라 생각합니다. 제가 편지 쓴 이유는 그란시나 부탁이 있었기 때문입니다. 그녀가 죽기 전날 밤 저에게 편지를 썼어요. 야니 존슨 당신을 만나달라고 말이죠. 그녀가 죽음을 앞두고 당신에게 부탁했던 것은 하나였습니다. 고통 받았던 수많은 사람에게 죄를 갚고 싶다고 했어요. 그것을 야니 씨 당신을 통해 하고 싶다고 했습니다. 길게 말씀드리지는 않겠습니다.
저는 프라젠 수장 에바 무어입니다. 미야쇼와 반대 목적을 갖고 일하고 있다는 것은 알고 있죠? 우리는 자연의 흐름을 옹호하고 있습니다. 다시 말해 이별을 조장하는 자들 반대편에서 세상 흐름대로 갈 수 있도록 돕고 있습니다. 그란시나 아버지, 어머니 별거를 유도한 것은 미야쇼 조작 때문이었습니다. 이후 프라젠인 제가 그란시나와 부모님이 함께 살도록 개입했던 것입니다.
저는 그란시나가 스스로 생을 마감하리라 전혀 예상치 못했습니다. 그녀를 잃은 슬픔에 지금도 목이 메입니다. 죽기 전날 밤 편지 보냈다며 그녀가 저에게 전화를 걸어와 말했습니다. 그녀는 당신이 리헤르와 영원한 사랑을 하길 바랐습니다. 그녀 자신도 영원한 사랑을 하고 싶다 말했습니다. 우린 함께 울었습니다. 그녀가 야니 당신을 사랑한다고 몇 번 말했는지 모르겠습니다. 직접 뵙고 인사하고 싶습니다. 그란시나 바람처럼 야니 씨가 프라젠에서 일해 주길 기원합니다.

에필로그

그란시나,

오늘 화창한 날씨야. 출근하면서 하늘 보니까 구름이 해를 가렸더라. 내가 예전에 해를 독차지하려는 구름의 이기심이라고 했잖아. 갑자기 날 보고 싶다고 네가 말하는 것 같아서 오늘 일찍 퇴근했어. 성당 옆 공원을 걸어가며 우리가 나눴던 얘기 떠올리다 보니 어느새 네 옆에 왔어. 내가 가져온 꽃 옆에 캔 커피 올려놓았어. 너도나도 좋아했던 걸로 샀어. 너에게 기대어 마시니까 너무 편안해.

제임스 결혼했어. 소피아는 임신 중이고 아침마다 오렌지 주스 만드는 사람은 소피아가 아니라 제임스야. 받은 만큼 돌려주겠다고 그러더라. 보고 있으면 흐뭇해. 지미 아버지 건강은 무척 좋아졌어. 어머니는 마트 관리자가 되었고. 물론 작은 마트지만 예전보다 많이 편해졌으니까 걱정 마. 지미는 아직 여자친구가 없어. 그 덕분일까? 지난 분기 우수 형사로 선정되어 표창장 받았어. 가끔 나랑 만나. 알고 보니 내 후배 친구였어. 마로히는 역시 좁은 동네야. 그치?

너에게 그녀 얘기를 해야 하나 고민스럽지만 할게. 리헤르는 어머니와 함께 잘 지내고 있어. 에바 선생님과 친한 사이가 되어서 가끔 식사해. 지난번에는 셋이서 버팔로 윙, 와인 먹으면서 당신 얘기 했어. 그날 나 많이 울었다. 나 여전히 울보야.

그란시나 넌 내 얘기 궁금하지? 주인공은 마지막에 등장하는 법이니까. 하하. 나 영업팀으로 부서 이동했어. 사무실에 앉아 있는 게 너무 따분해서 말이야. 회의 준비 정말 지긋지긋 했거든. 영업한답시고 밖을 돌아. 가맹점도 방문하고 물류센터 가서 물량 체크하면서 바쁘게 살아. 가끔 늦은 밤 집에 돌아올 때 보이는 별 보며 너 생각해. 진지하게 내 얘길 들어주던 너 눈빛은 별과 닮아 있어.

네가 있는 곳은 어때? 여전히 바지 입고 활짝 웃으며 즐겁게 살고 있겠지? 지금 운전해서 빨리 가봐야 할 것 같아. 아, 그리고 나 다른 일도 하고 있어. 지금 전화가 또 왔어. 귀찮아 죽을 것 같아. 무료로 일하는데 맨날 늦게까지 일 시켜. 내일이라도 대표님에게 적당히 일 시키라고 항의하려고. 그 못된 대표님 이름 알려 줄까? 프라젠 수장 에바 무어 대표. 나는 프라젠 리더 야니 존스. 우리 또 만나. 보고 싶다. 그란시나.

헌사

이 세계에 균형은 실제 존재합니다. 여러분 주변 미야쇼 요원이 이제 보이나요? 사랑을 과신하면 순식간에 사라져버릴 겁니다. 지키는 사랑을 하세요.

글을 쓰며 여러 번의 고비가 찾아 왔습니다. 깊고 어두운 터널에서 앞이 보이지 않았습니다. 한 걸음씩 나아갈 때마다 온 몸에 진흙이 묻고 또 묻었습니다. 이별 앞에서 저는 나약한 존재였습니다. 그때마다 저를 꺼내어 흙을 털어준 민, 철, 경, 희 잊지 않겠습니다. 화, 민, 영, 후, 권에게도 감사하단 말 전하고 싶습니다. 그리고 첫 소설임에도 출간을 허락해 주신 바이북스 대표님 이하 모든 분께 진심으로 감사드립니다.

아버지, 어머니 사랑합니다. J.H 사랑해. 2J 가족들 사랑합니다.

2012년 글을 써야 한다는 결심을 하게 해준 '마키' 고맙습니다.

2020년 리헤르 킴, 그란시나 알렌은 '림' 당신이었어. 나는 야니 존스가 되어 떠나버린 당신 사랑을 다시 받고 싶었어. 사랑해줘서 진심 고마웠어. 당신에게 이 책을 바칩니다.

2020년 6월 13일 마키림